茉莉花官吏伝 十六

待てば甘露の日和あり

石田リンネ

ビーズログ文庫

目次

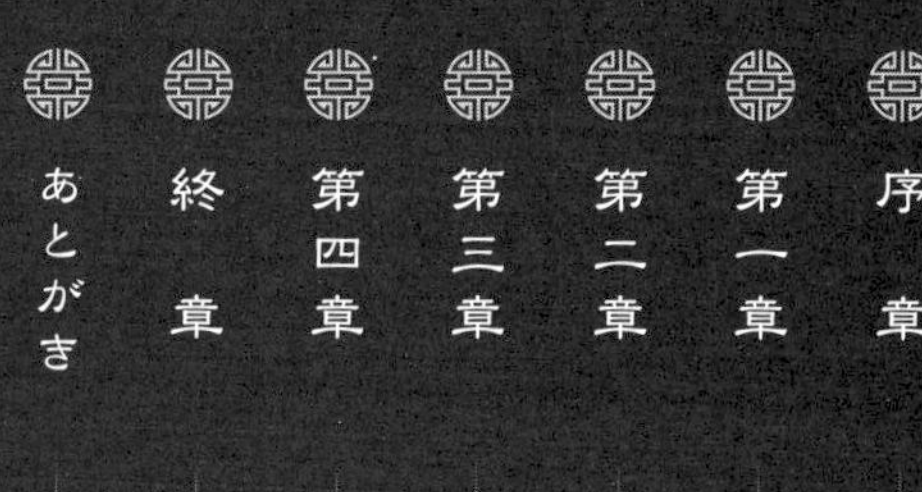

茉莉花（まつりか）官吏伝（かんりでん） 十六
——待てば甘露（かんろ）の日和（ひより）あり

登場人物紹介

珀陽（はくよう）
白楼国の若き有能な皇帝。

皓 茉莉花（こう まつりか）
「物覚えがいい」という特技を持つ。

鉦春雪（しょう しゅんせつ）

茉莉花と同期の新米文官。毒舌だが、世話焼き体質。

黎天河（れい てんが）

珀陽の側近で武官。名家の武人一族の出身。

芳子星（ほう しせい）

珀陽の側近で文官。科挙試験で主席となる状元合格をした天才。

苑翔景（えん しょうけい）

御史台の文官。真面目な堅物で特殊な癖がある。

封大虎

珀陽の異母弟。本名は冬虎。

詠蓮舟（えい れんしゅう）

御史台の文官で、翔景の元部下。茉莉花の教育係となる。

威雲嵐（い うんらん）

御史台に所属する武官。珀陽の異母兄。

イラスト／Ｉｚｕｍｉ

序章

かつて大陸の東側に、天庚国という大きな国があった。

あるとき、天庚国は大陸内の覇権争いという渦に呑みこまれ、四つに分裂する形で消滅した。

この四つに分裂した国のうち、北に位置するのが黒槐国、東に位置するのが采青国、西に位置するのが白楼国、南に位置するのが赤奏国である。

四カ国は、ときに争い、ときに同盟を結び、未だ落ち着くことはなかった。

白楼国には、晧茉莉花という名前の若き女性文官がいる。

平民出身の茉莉花は、元は後宮の宮女だ。けれども、女官長に物覚えがいいという才能を見出されて女官になるという異例の出世をし、皇帝『珀陽』にもその才能を認められることになった。

茉莉花は、珀陽から文官登用試験である科挙試験を受けるように勧められた。彼女は言われた通りに太学で学び、見事に合格した。

文官になってからは、大きな功績を順調に積み重ねていき、ついに珀陽から禁色

——……皇帝のみが身につけられる特別な紫色を使った歩揺を与えられる。

禁色を使った小物には、皇帝からその才能を認められたという意味がこめられている。つまり、皇帝から出世を約束されたと言ってもいい。

尚書や宰相という未来も見え始めた茉莉花は、期待されている若手官吏ならば必ず一度は所属する『御史台』へ異動することになった。

御史台は皇帝直属の機関で、官吏の監査を行うところである。御史台は仕事の性質上、官吏と一定の距離をもつ者……皇族や皇族に準ずる者も多く所属しており、出世の支援をしてくれそうな偉い人たちとの縁をつくれる場所でもあるのだ。

茉莉花は皆の期待に緊張しながらも、前任者である苑翔景の仕事を引き継いで、新しい仕事に精いっぱい取り組もうと思っていた。

——しかし、御史台に異動してからというもの、毎日なにかが起きている。

茉莉花は異動したばかりなのに、ずっと御史台に所属していたような気持ちになってしまっていた。

「……日記を書いていたら、書くことに困らなかったわ」

御史台に異動した日、茉莉花は翔景の部下だった詠蓮舟に御史台の仕事内容を教えてもらうことになった。

しかし、どうやら蓮舟は茉莉花を快く思っていなかったらしく、『一緒に仕事をしたくない』という雰囲気を見せてきたのだ。

茉莉花は蓮舟の態度に悩んだ。御史台は官吏の不正を暴く部署である。それぞれの監査対象者が裏で繋がっている可能性もあるので、気軽に相談や雑談ができる雰囲気は絶対に必要だ。派閥をつくって互いを無視したまま仕事をするのはよくない。

茉莉花は蓮舟と仲よくするためにがんばろうとしていたけれど、その最中に蓮舟の秘密をうっかり知ってしまった。

（蓮舟さんの正体が、大人気小説『天命奇航』を書いている作家の州漣先生だったなんて！）

その後、色々あって、茉莉花は蓮舟と仲よくなることを諦める。代わりに蓮舟の秘密を利用して、『どちらが優秀な文官かを決め、負けた方が勝った方の部下になる』という勝負をすることにした。

茉莉花にとって、これは勝っても負けてもいい勝負だ。御史台に派閥ができなければそれでいいからである。

茉莉花は早速、元皇族の武官である威雲嵐に審判役をお願いし、どのように勝負するのかを決めてもらった。

――勝敗は、湛楊宏の追加調査の貢献度で決定する。

湛楊宏は、兵部所属の文官だった人物だ。

兵部所属の文官は、白楼国の政の中心である皇后派と敵対する反皇后派に所属している者が多く、中には密かに非合法活動をしている人もいる。御史台は彼らによる犯罪を阻止するために、兵部の文官を定期的に監査しているのだ。

湛楊宏の監査もその一つだった。担当者だった雲嵐は、楊宏を疑っていなかったので、『不正を行っていなかった』という報告をするつもりでいただろう。

しかし、雲嵐は湛楊宏の怪しい動きに気づいた。非合法活動をしている反皇后派の組織に資金援助しているのではないかという疑いをもったため、もっと詳しい調査をしようとしていたのだ。

そんなときに湛楊宏が城下町で殺された。

調査対象は死亡したけれど、雲嵐は調査の継続を御史大夫に頼んだ。湛楊宏と繋がっている反皇后派をここで突き止めておきたかったのだ。

茉莉花と蓮舟は、湛楊宏の追加調査——……つまり彼の背後になにが潜んでいるのかを探り、どちらがより詳しく調査できたかを競い合うことになった。

蓮舟はすぐに動いた。兵部で湛楊宏の荷物を調べ、「暗号文が出てきたぞ！　御史台の仕事部屋で丁寧に調べてみよう！」と騒ぎ、楊宏の仲間が暗号文の中身の確認をするように誘導し、御史台の仕事部屋へ侵入させようとしたのだ。

——禁軍や存在しない暗号文を使って罠を張り、罠に飛びこんできた楊宏の仲間を捕まえる。

　蓮舟のこの計画は、途中まで上手くいっていた。

「……どうして僕がこんな目に遭わなければならないんだ！」

　蓮舟の叫びに、茉莉花は気の毒だという気持ちをこめて頷く。

「犯人のやつめ……！　僕の部屋に湛楊宏の日記の一部をねじこんで、御史台に置いてある僕の荷物には湛楊宏の手紙をねじこむなんて……！　どれだけ極悪非道なんだ！」

　蓮舟は、湛楊宏殺人事件に関わった人物を御史台の仕事部屋へ侵入させることに成功した。

　しかし侵入者は、特殊な訓練を受けていた者だったらしく、武官は取り逃してしまった。

　茉莉花と蓮舟は、侵入者に盗られたものはないかを確認するため、御史台の仕事部屋の荷物を調べた。すると、蓮舟の荷物から湛楊宏の手紙が出てきたのだ。

　当然のことながら、蓮舟は湛楊宏殺人事件の関係者ではないかと疑われてしまった。

　茉莉花は蓮舟を庇ったけれど、蓮舟の部屋からも湛楊宏の日記の一部が新たに発見されてしまった。

　こうなったら、茉莉花だけでは庇いきれない。

蓮舟は、月長城内にある禁軍営で取り調べを受けることになった。

その後、禁軍は張り切って蓮舟を調べてみたものの、他の証拠は出てこなかった。それどころか、犯人ではなさそうだという証拠がちらほらと出てくるという事態になった。

今はもう、真犯人は蓮舟を利用して疑われないように上手く工作したのだろうという認識に変わってきている。

「僕が疑われたままだと犯人が油断してくれる。それはわかっています。ですが、こうしているうちに、貴女との差が開いてしまう……！」

蓮舟が怒りを抑えきれずに頭をかき回す。

面会をしにきていた茉莉花は、穏やかに微笑んだ。

「わたしと蓮舟さんとの勝負は、この事件が解決してから仕切り直すことになったはずですが……」

「このままだと僕たちの印象が変わってしまうんです！　拘束されてなにもできない人と、仕事をしっかりやっている人……後者の方が有能に思えます！　印象も大事です！」

茉莉花は「わかっていない！」と蓮舟に叱られてしまった。

（雲嵐さんなら事実だけで判断してくれると思うけれど……）

茉莉花はそんなことを思いながらも黙ることにする。『沈黙』はとても大事だ。

「蓮舟さん、それでは本日の仕事についてですが……」

茉莉花は蓮舟の愚痴(ぐち)を聞き終わったあと、さらりと自分の用件を切り出した。

蓮舟は茉莉花から渡(わた)された書類を見た途端、見事な舌打ちをする。茉莉花に任せることになった自分の仕事がわかりやすくまとめられていて、次にどうしたらいいのかという助言がとてもしやすい状態になっていたからだ。

「昨日から少し進んでいますね。この状況だと……」

茉莉花は蓮舟の説明に集中する。

蓮舟との面会は、今は頼めばできるけれど、この先なにかあれば許可されなくなる可能性もあった。今のうちにできるだけのことをしておくべきだろう。

「ご指導ありがとうございました。それで、例の件ですが……」

茉莉花はわからないところを質問したあと、小声に切(き)り替(か)える。そして、湛楊宏殺人事件について新たに判明したことを教えた。

——湛楊宏殺人事件の調査は、新たな段階に入っている。

茉莉花が蓮舟の助言をもらいながら湛楊宏殺人事件について調べていったら、湛楊宏と情報の取引をしていた相手は異国の間諜(かんちょう)だったのではないかという疑いが浮上(ふじょう)したのだ。

「楊宏さんの殺害現場がわかりました。兵部の書類を保管しておく部屋です。普段(ふだん)は誰(だれ)も出入りしないようなところでした」

茉莉花は、血の痕(あと)をごまかそうとした痕跡(こんせき)があることや、一部分だけ埃(ほこり)がなかった話も蓮舟にした。

「兵部の部屋……。湛楊宏が異国の間諜に繋がる者を殺すつもりで呼び出した可能性が大きくなりましたね」

蓮舟はため息をつく。

茉莉花は蓮舟の言葉に頷いた。

「楊宏さんが兵部の保管庫として使われている部屋を選んだのは、自分がよく知っている場所だからでしょう。他にも、呼び出す相手が兵部の保管庫に出入りしても不自然ではない人物だからという理由もあるかもしれません」

殺人を計画している者は、人を殺す前も殺したあとも、できるだけ人の目につかないようにしたい。

見かけない人がうろうろしていればそれだけで目立つし、目立てば人の記憶に残る。

「湛楊宏に呼び出されたのは、月の宮で働く文官や胥吏、もしくは掃除のために雇われている人でしょうね。……手がかりは得られましたが、それでも現段階での容疑者はけっこうな人数です」

蓮舟は悔しそうに言う。

書類をまとめた茉莉花は、椅子から静かに立ち上がった。

「今、武官の方々が楊宏さんの殺害現場を調査しています。別の手がかりが出てくるのを待ちましょう」

茉莉花は湛楊宏殺害現場を少し調べただけだ。

犯人に繋がるものが他にも出てきてくれたら、犯人が一気に絞れるようになるかもしれない。

湛楊宏が所属していた反皇后派の集まりは、いつもと違う店で、少人数で行われた。

話題は勿論、自分たちの仲間であった『湛楊宏』についてである。

彼が殺されてしまったことに誰もが驚いていた。楊宏が何者かに狙われているとか、揉めているとか、そういう話はみんな聞いていなかったのだ。

「御史台の詠蓮舟が禁軍営で取り調べを受けているのは、間違いない」

集まりに参加している武官の一人が、同僚からこっそり聞いた話を披露する。

「……ということは、楊宏を殺したのはやはり詠蓮舟なのか？」

ここにいる者たちは、詠蓮舟の顔は知らなくても、名前ぐらいは知っている。若手の中でも優秀な文官だったからだ。

「詠蓮舟と楊宏に接点があったなんて知らなかったな」

詠蓮舟は皇后派の人間だ。所属も年齢も違う楊宏と親しくなるとは思えない。

もしもなにかのきっかけで親しくなっていたのなら、楊宏は蓮舟から情報を引き出してみるという話を仲間にしただろう。

「それが……なんだかよくわからなくてな。最初に詠蓮舟が疑われたのは間違いない。しかし、どうやら詠蓮舟は解放されそうなんだ。なぜ疑われたのかは同僚も知らなかった」

御史台が関わっている事件かもしれないということで、禁軍でも関係者以外には情報が伝わってこない。

武官はもう少し調べてみると皆に告げる。

「もしかすると、詠蓮舟は楊宏の殺害現場近くで目撃されていたのかもしれないな」

「なるほど。禁軍が焦って逮捕したけれど、無関係だとわかったのか」

特に手がかりがないのなら、近くで目撃された人物を念入りに調べるだろう。

詠蓮舟に対して「巻きこまれて気の毒に」と全員が思っていたら、仲間の一人が「……待てよ」と呟く。

「詠蓮舟は御史台の文官だ。楊宏の監査をしていた可能性がある」

皆は『監査』という言葉にはっとした。

自分たちは、皇后派を中心とするこの国の政を改革しようとしている。

楊宏は自分たちの仲間で、資金集めをしてくれていた。これらは密かに行っていたことだけれど、なにかのきっかけで楊宏が反皇后派の組織との繋がりを疑われてしまい、御史台の文官に監視されていたというのは、充分にありえる話だ。

「ということは、監視されていることに気づいた楊宏が詠蓮舟と路地で揉めたのか⁉」

思わず声を荒らげた者に、仲間が静かにと注意する。

「待て。それだと詠蓮舟が犯人ではないという話にならない。楊宏を監視していたから近くで目撃されたんだろう」

「ああ、そうか。そう考えると自然だな。……詠蓮舟はどこまで調べていたのかな」

この場にいる者たちは、楊宏が殺されたという情報を手に入れたあと、楊宏の荷物を調べて自分たちに繋がりそうなものをすべて捨てたかった。けれども、その前に武官たちが楊宏の荷物をもっていってしまったのだ。

自分たちにできるのは、こちら側にある楊宏の痕跡を消すことだけである。

「禁軍は楊宏の荷物から出てきた暗号文についてなにか言っていたか？」

前回の集まりのとき、楊宏の暗号文について皆で話し合った。

自分たちは暗号を使ってのやりとりをしていない。なぜそんなものがあるのだろうかと、全員が不思議に思っていたのだ。

暗号文を読んでいないからはっきりとしたことは言えないけれど、楊宏の個人的な覚え書きが暗号文に見えたのではないかという結論を出していた。

「禁軍では特に噂になっていない。暗号文をできれば手に入れたいが……。引き続き情報を集めておく」

「そうだな。……なぁ、楊宏と会うときに使った店はもう使わないようにしないか？　御史台に監視されている可能性も考えておこうぜ」

「ああ。しばらくは集まるのもやめよう。今は詠蓮舟について調べて、どこまで知られたのかを確認すべきだ」

楊宏が金品目的で殺されたのは、不幸な事件だ。とても気の毒だった。

今、禁軍が犯人を探している。早く見つけてもらって、仲間を殺した犯人を罰してほしい。

「楊宏が反皇后派だからという理由で殺されていたり、反皇后派だからという理由で犯人探しが早期終了したりした場合は……」

仲間の一人が、湯呑みをもつ手に力をこめる。

――かすかな音を立てたあと、湯呑みに小さなひびが入った。

「そのときは、我々で同志の仇を討つ」

全員が無言で頷く。

大事な仲間を殺した者を許すつもりはなかった。

白楼国の月長城に潜入している異国の間諜は、一人で任務を果たしているわけではない。

連絡役となる仲間が城下町に住んでいて、母国への定期連絡は彼の役目になっていた。

特に問題がないときは、すれ違うときに目を合わせるだけだ。

しかし、今は『問題がある』という状況だったので、相談したいことがあると紙に書いて連絡役の家にそっと届け、夜中にこっそり訪問した。

「まずいぞ。楊宏を殺した場所が特定された」

今日、午後になってから、楊宏を殺した兵部の部屋の辺りが立ち入り禁止になった。遠くから観察してみたら、湛楊宏殺人事件を担当している武官たちがあの部屋に集まっていた。

間諜は楊宏に首を絞められたとき、とっさに掴んだ燭台で楊宏を殴ったため、部屋に血が飛び散ってしまった。掃除をできる限りしたつもりだったけれど、兵部の誰かが出入りしたときに、わずかに残っていた血に気づかれたのだろう。

「詠蓮舟はそろそろ解放されそうだ。あいつを真犯人にするのは、さすがに時間が足りなかった。残念だがしかたない」

間諜は楊宏を殺したあと、官舎の中にある楊宏の荷物を慌てて確認しにいった。

日記はそのときに見つけた。ぱらりと開いてみたら、破られている部分があった。

――俺に関することが書いてあったかもしれない。日記を処分しなければならない。

明日、できるだけ小さくちぎってから燃やして……と考えたあと、はっとする。

この破かれた日記の一部は、まだどこかに存在しているかもしれない。誰かに託(たく)されたかもしれない。日記自体がないのに、日記の一部が出てきたら、その一部に大事なことが書いてあるのは間違いないし、しっかり調べられるだろう。

――だったら、もっとちぎってごまかすのはどうだろうか。

間諜は、日記を適当に破った。破られた部分のどれが大事な情報なのかをわからなくしたかったのだ。

一度は破り取った頁を燃やしてしまおうと思ったのだけれど、誰かに責任を押しつけるのもいいかもしれないとすぐに考え直す。

間諜は官舎内の侵入しやすい部屋を選び、破り取った頁を部屋の中に隠した。そこが詠蓮舟の部屋だった。もっと工作する時間があればあいつを真犯人にできたのに……と悔(く)やむ。

(御史台が発見した楊宏の暗号文は、おそらく存在しないもので、ただの罠だろう。御史台の仕事部屋の警備体制は、俺がくることを前提にしたものだった)

間諜は罠(わな)かもしれないと思っていても、暗号文が本物かどうかを確認しなければならなかった。

その結果、やはり罠だったけれど、無事に逃げきれたので問題はない。

「犯人探しはこのあとも続くようだ。……楊宏を殺した証拠はなにも残していないが、もしものときは楊宏と繫がっていた反皇后派の情報を御史台に流し、疑いの眼をそちらに向ける」

間諜は、連絡役へ現在の状況を簡単に説明し、対応策も伝える。

「お前は今のところ疑われていないんだよな？」

連絡役が間諜の心配をすると、間諜は勿論だと笑った。

「今のところは大丈夫だ」

武官たちは、真の犯行現場に気づくことができたけれど、それだけだ。

間諜は楊宏に呼び出されたとき、誰にも見られないように移動していたし、殺したあとも目撃されるようなことはしていない。

「ならいい。……ああ、そうだ。御史台での小火はお前の仕業か？」

連絡役の質問に、間諜はくくっと笑った。

「御史台での小火は、おそらく反皇后派の仕業だ。楊宏が監査されていたことに気づいて、どうにかして証拠を消そうとしたんだろう。俺にとってはありがたい。武官たちは楊宏殺人犯と放火犯を同一人物だと思っているはずだ」

小火が起きたとき、間諜は下宿先にいた。下宿先の皆と月長城で火事が起きたという話を聞いて、大丈夫なのかと騒いでいたのだ。

この先、もしも疑われるようなことがあっても、そのときは下宿先のみんなに「一緒にいました」という証言をしてもらえる。

「楊宏殺人事件の調査については、今後どうなるのかを注意深く観察しておく。状況が落ち着いたら、新しい情報源を得られるように動く。またなにかあったら連絡する」

間諜はそれだけ言うと、連絡役の家の窓から慎重に出る。それから誰にも見られないように下宿先へ戻った。

第一章

茉莉花は皇帝『珀陽』の執務室にきていた。

現在、湛楊宏殺人事件は禁軍によって調査されていて、その記録は皇帝の元へこまめに届けられている。

茉莉花は珀陽からその記録を毎日見せてもらっていた。

「湛楊宏の殺害現場と思われる部屋から、血痕が出てきたよ」

珀陽は恐ろしいことを爽やかな笑顔で言う。

湛楊宏の殺害現場になったかもしれない部屋は、兵部によって廃棄しないけれど使わないと決めたものの保管庫として使われていた。出入りは月に一度あるかないかだっただろう。

「はい、これ。棚の下に血のようなものがついていたらしい」

茉莉花は、禁軍の報告書を珀陽から受け取る。

湛楊宏を殴り殺した人物は、勿論掃除をしただろう。しかし、夜でとても暗く、必要以上に明るくすることもできなかったので、わずかな血痕を見逃してしまったようだ。

(でも、血痕があっただけでは殺害現場だと言いきれない)

茉莉花は、うっかり手を怪我した人がいた可能性だってある……と思っていたけれど、他にも証拠が残っていたらしい。

「……爪？」

「そう。湛楊宏は逃げようとしたときに床に爪を立てたんだろう。遺体の左手の親指の爪が少し欠けていた。それにぴたりと当てはまる爪の欠片が、あの部屋から出てきたんだ」

墨でわざと汚して血痕をごまかしたかのような床。

それでもわずかに残されていた血。

落ちていた湛楊宏の爪の欠片。

天井近くの埃の積もった横木には、指で触ったような跡と縄がかけられていたような跡もあった。

ここまで証拠が集まれば、湛楊宏は殺される少し前に兵部の保管庫へ出入りしていたと言える。

(でも、これだけでは犯人の特定はできない)

今はっきりしているのは、殺された場所だけだ。

異国の間諜と繋がっていた話や、異国の間諜に殺されたかもしれない話は、すべてが綺麗に繋がる『仮説』でしかない。

「……現段階では、楊宏さんが異国の間諜と繋がっていたとしても、それに気づいた反皇后派の仲間に殺されてしまったという可能性もまだあります」

湛楊宏の仲間の中に官吏もいるはずだ。官吏ならあの部屋に出入りしても不自然ではない。

「私はね、湛楊宏を殺したのは反皇后派の仲間ではないと思っている」

珀陽はいくつかある可能性のうちの一つをはっきり否定した。

茉莉花はそう思った理由を尋ねてみる。

「……どうしてでしょうか」

「仲間である反皇后派たちが湛楊宏を殺したのなら、それなりの理由があるだろう。自分たちを裏切っていたとかね。その場合、かなり怒っているし、裏切ったらこうなるぞという警告を他の仲間にしたいから、もっと見せしめのようなひどい殺し方をするはずだ。金品目当ての犯行に見せかけるようなことはしない」

見せしめの場合、誰がやったのか、どうして殺されたのか、特定の人物にわかってほしい。不幸な事故に見せかければ、その意図が伝わらなくなってしまう。

「ここからは異国の間諜が犯人だという方針で捜査をしていこう。でも、第三の可能性もまだあるから、そのことも忘れずに」

「はい」

「殺害現場が特定できたから、禁軍はあの時間にあの辺りにいた官吏や胥吏、使用人たちを一覧にするはずだ。おそらく、百人は超えるだろう。それが終われば、調べることもなくなる。どうする？」

百人を超える容疑者のひとりひとりに見張りを複数つけて徹底的に探るというのは、さすがにできない。それに、楊宏を殺した犯人は、自分が犯人ですというわかりやすい行動をしてくれないだろう。

（犯人が異国の間諜だと仮定した場合、犯人の次の動きは……）

今の段階でもわかることが一つだけある。

「楊宏さんを殺した犯人が異国の間諜だったら、皆がこの事件を忘れ始めたころに、新たな情報源を得ようとして動き出すと思います」

茉莉花たちに先回りできるところがあるとしたら、かなり先だけれどそこぐらいだろう。

「新たな情報源になりそうな人をこちらから用意するのはどうでしょうか」

囮捜査にもならない、不確定要素ばかりの計画。

あまり現実的ではない提案を茉莉花がしたら、珀陽は笑った。

「異国の間諜と接触し、情報源になってもらう人を用意する……か。茉莉花ならいいよ。子星でもいい。でもそこまでかな」

「え……？　わたしと子星さんだけですか？」

「大虎や天河は信頼できるけれど、器用じゃないから駄目。他の器用な者は、信頼できないから駄目。でも、子星や茉莉花に間諜が接触してくることはないよ。禁色をもつような相手と直接取引をするのは、さすがに向こうもためらうだろうからね」

　向いているか向いていないかの話は理解できる。

　間諜の情報源になるというのは、間諜と仲よくすることになるからだ。

　相手に罠であることを気づかれないように仲よくするのは、それなりに心を許さないといけない。仲よくするふりだけでは、きっと相手に気づかれる。

（本当に仲よくなった相手を騙し続けるのは、心が疲れてしまう）

　そういう意味では、茉莉花も向いていないだろう。

　しかし、それ以外の……信頼できるかどうかでこの四人の名前しか挙がらないことには驚いた。勿論、茉莉花と親しくしている人だけを例に挙げたのだとしても、それでもとても少ない気がする。

「雲嵐さんは信頼できないんですか？」

　珀陽の異母兄で、誰にでも公平に接してくれる人。

　茉莉花は彼と一緒に仕事をしたことで、信頼できる人だと思うようになっていた。

「雲嵐は信用できる。小さいころから真面目で公平だった。誰かをいじめるようなこともなかったしね。……それでも駄目」

　珀陽は迫力のある微笑みを茉莉花に向ける。

「雲嵐は信用できるけれど、私の味方ではないんだ。本人にその気がない。その気がない人は、なにかのきっかけで迷ったときに踏みとどまれない。あっさり敵側につく」

皇帝と雲嵐の仲がいいという話は、たしかに聞いたことがない。そして、その逆もない。

今も昔も一定の距離を保っているという関係なのだろうけれど、だからこそ珀陽は一定の信用しかできないのだろう。

「向こうに私と親しくする気があったら、私は嬉しいけれどね」

「……はい。わたしも嬉しいです」

雲嵐には雲嵐の立場や考えがある。

珀陽の完全な味方になってほしいと思うことはしてもいいだろうけれど、それを本人に言うのは止めた方がいいだろう。

茉莉花は、どうしたら湛楊宏殺人事件の犯人を見つけられるだろうかと考えていた。

手がかりを得た。容疑者を百人ほどに絞った。しかし、その先は見えてこない。

(せめてもう少し……。異国の間諜だと断言できたらまた違う話になりそうなのに)

今後の方針に悩みながら歩いていると、うしろから声をかけられる。

「茉莉花さん」

覚えのある声に茉莉花が振り返れば、そこには黎天河がいた。

天河は武人一家として有名な黎家出身の武官だ。茉莉花と同じく、禁色を使った小物をもつ将来有望な若者である。

「お疲れさまです、天河さん。陛下のところに行っていたんですか？」

「はい。陛下と少し話をしまして……」

茉莉花は天河に事件の話をしてもいいのだろうかと迷ったけれど、天河が先にその話題を出してきた。

「陛下から、茉莉花さんの調査を手伝うようにと言われています。できることがあればなんでも言ってください」

「ありがとうございます。天河さんの協力があれば心強いです」

茉莉花は文官なので、犯人を特定するための作戦を立てることまでが仕事だ。その後のことは禁軍の仕事になるので、天河がその窓口になってくれたらとても助かる。

「今は調査対象があまりにも広くて……。もう少し絞れないかと考えているところです」

茉莉花が動きたくても動けない段階だと素直に話せば、天河は瞬きをした。

「対象者をすべて調査したらいいのでは？」

「まだ百人以上いますから」

せめて十人ぐらいに絞ってから天河に相談すべきだろう。なにも考えないまま「手伝ってください」と言うのは、天河に迷惑(めいわく)だ。

「百人まで絞れたら充分(じゅうぶん)だと思いますよ。調査を始めた武官は、最初は生きている人を全員犯人だと思って調べています」

しかし、天河はとんでもないことをあっさり言った。

茉莉花は驚き、そういう意味ではなくて……と慌(あわ)てる。

「百人をいちいち調べるのは効率が悪くて大変でしょうし、皆さんにそこまで負担をかけるわけにはいきません」

「異国の間諜を特定する仕事は、武官にとってとても大事な仕事の一つです。負担ではありません」

天河は茉莉花の瞳(ひとみ)をじっと見てきた。

「俺はあまり器用ではないので、茉莉花さんみたいに絞ってから調べるというようなことはできないでしょう。ですが、どのような調べ方をしても、行き着く先は同じだと思っています」

「……！」

茉莉花は、自分の視界が開けた気がした。

天河の言う通りだ。いちいち調べるのも、絞ってから調べるのも、結果は同じである。

「ここは月長城(げっちょうじょう)です。茉莉花さんの手足になれる人はたくさんいるはずです。湖州(こしゅう)のときのように、武官が数人しかいないという状況ではありません」

かつて湖州でシル・キタン軍と戦うことになったときは、なにもかも足りなかった。

茉莉花はあるもので戦うしかなかった。

（でも、わたしにとっては当たり前のことで……）

最小限の負担で、効率よく物事の答えを出そうとする。

茉莉花はずっとそのやり方で進めてきたけれど、天河の言う通り今はなにもかもが足りない状況ではない。なにもかもがある状況だ。何百人もの官吏を動かすことだってできる。

「やってみたいことがあったら遠慮なく声をかけてください。なんでもしますから」

「ありがとうございます……！」

たった今、茉莉花の中に『効率が悪くなってもいい』という選択肢が生まれた。

回り道をしてもいいのなら、多くの無駄があってもいいのなら、少しずつ犯人を特定していけるかもしれない。

（もう一度、ゆっくり考えてみよう）

なんだか肩の力が抜けた気がする。

茉莉花は天河に礼を言い、少し軽くなった足を動かして御史台の仕事部屋に向かった。

窓から見える空が橙色になってきたころ、御史台の仕事部屋に大虎がひょいと顔を出した。

「茉莉花さん、今日は早めに帰ることができそう？」

「はい。今日は残らずに帰ります」

茉莉花は御史台にきてからずっと大変だったけれど、ようやくなにをしたらいいのかわかってきて、効率よく動けるようになっていた。

おまけに、よくないことではあるけれど、湛楊宏殺人事件の調査にも行き詰まってしまったので、できることがなくなってきている。

「じゃあさ、ちょっと気分転換しない？」

「気分転換……ですか？」

「なんだか今日、ずっと真面目な顔をしていたからさ」

大虎はみんなの様子をよく見ている優しい人だ。

きっと茉莉花は、この優しさに甘えるべきだろう。

（今は回り道が必要なときだわ）

茉莉花は、少しだけ犯人探しを忘れることにした。

「ありがとうございます。よろしくお願いしますね」

「やった！　最近、物騒な話ばっかりだったから、楽しい話を見に行こう！」

大虎に連れて行かれたのは、天音花嵐座の劇場小屋だ。大虎によれば、今夜は恋物語が上演されるらしい。

「茉莉花さんは天音花嵐座の劇を見たことがある？」

「いいえ、一度もないです。とても楽しみです」

大虎は、見たことのある演目ではないかと心配してくれたけれど、茉莉花は城下町の劇場へ行くのはこれが初めてだった。

「劇自体は後宮で見たこともあるんですけれど……」

後宮には女性しか入れないので、演目は限られてくる。

女性が男役も演じるか、それとも男が出なくてもどうにかなる話になるのだ。

（天音花嵐座は、商工会に協力してくれる劇団。一度、お客の視線でしっかり見てみましょう）

今夜は最近流行りの現代を舞台にしている雑劇で、男女の恋物語だった。

幼なじみの男女は互いに恋心をもっていたけれど、あるとき女性の方に結婚話が浮上して、それ以来関係が変わっていくというものだ。

現代のお話だけあって、とても入りこみやすかった。切ない恋心を丁寧に演じられると、どきどきしてしまう。

「彼女の結婚式が始まってしまう……。俺はどうしたら……！」

男性は女性の幸せを祈って身を引くか、強引に攫ってしまうかという選択で悩んでいた。

茉莉花は、どちらを選ぶのかをはらはらしながら見守る。

「素晴らしかったですね……！」

切なく美しい恋物語だった。

それを存分に楽しんだあとの茉莉花は、興奮しながら大虎に同意を求める。

「最後の方、ずっとどきどきしちゃったよ～！　どっちを選ぶのかまったくわからなくて！」

「わたしもです！　古典だと結末がわかった状態で見てしまうので、今日はいつもと違う楽しみ方ができました……！」

茉莉花は大虎と感想を言い合いながら、主役の女性を演じた伊麗燕を訪ねる。

麗燕は客席に座っていた茉莉花に気づいていたのだろう。衣装のままますぐに現れ、丁寧に礼を述べた。

「茉莉花さま、観にきてくださって本当にありがとうございます」

「こちらこそ素敵な観劇ができて楽しかったです。結末がどうなるのかわからなくて、息もできないぐらい集中していました」

茉莉花は用意しておいた差し入れを麗燕に渡す。

麗燕はにっこり笑い、礼を言いながらそれを受け取った。

「雑劇のよさは結末を誰も知らないところなのですが、そうなると繰り返し観にくるお客さんがいなくなってしまいまして……。何度観ても楽しめる部分をつくるのが今後の課題なんです」

「わたしはもう一度観たいと思いました。そのぐらい素敵な演目でした。今日の演技、とても素晴らしかったです！　最後は泣いてしまいました……！」

茉莉花は、感動した気持ちを素直に麗燕へ伝える。

麗燕は嬉しそうに差し入れを抱きしめ、光栄ですと頭を下げた。

「茉莉花さまにそう言っていただけると励みになります。毎回違った味わいになるよう、より演技を高めていきますね」

茉莉花は麗燕への挨拶を終えたあと、大虎と共に夜道を歩く。

「僕はいつも観る側だから、好きな演目だとか、話題になっていたからだとか、暇だからちょっと観てみるかで気軽に劇場へ行っていたけれど、演じる側は色々なことを考えているんだね」

「はい。古典は昔の話で、雑劇は今の話だと思うだけでしたが、楽しむ部分がそれぞれ違うことにようやく気づきました」

今夜の劇は、結末がどうなるのかをたしかに一番気にしていた。仕事のことを珍しくすっかり忘れてしまうほどだった。

（また観に行くのなら、細かいところに注目したいな）

麗燕の表情や動き、音楽、衣装……そういったところを意識して……と考えていたら、
大虎がにこにこと笑っている。

「気分転換できたみたいでよかったよ」

「……はい！」

「茉莉花さん、放っておくと仕事ばかりになっちゃいそうだから、御史台にいる間は僕が
あれこれ連れて行こうっと。翔景を出し抜いて茉莉花さんの親友になる好機だ！」

「素敵なお友だちに恵まれて本当に嬉しいです」

（でも、大虎さんの言う通り、わたしはもっと仕事以外のことに眼を向けるべきだわ）

茉莉花は笑顔を保ちつつ、親友はまだ早いという意思表示をしっかりしておいた。

今までとても狭い世界で生きていた。

狭い世界は息苦しいけれど、決められたことをしていたらいいので、楽だった。

（だからわたしは無駄や回り道を知らない）

このことは、答えの出し方にも反映されている。

一つのやり方しか知らないのは危険だ。いつか行き詰まる。

それは仕事だけの話ではない。人間関係も同じだ。

（仕事だけをしても、回り道をしても、同じように『明日』には行き着く。だったら、

色々なものを体験して、色々な人に出会いたい。きっと、わたしとわたしの大事な人のためになるから）

湛楊宏殺人事件の犯人探しの計画は、わざと回り道をしながら立ててみよう。

いつも頭の中に一枚の大きな白紙を用意していたけれど、今回は三枚でやってみることにした。

（犯人の正体を三つに分け、三枚の紙に一つずつ点を置く。異国の間諜、非合法活動をしていた仲間、個人的な恨み……）

茉莉花が頭の中でせっせと点と点を繋いでいたら、大虎がいきなり大きな声を出す。

「あっ！」

茉莉花は思わず足を止め、大虎を見た。

「どうしましたか？」

「僕はなんともないよ。あの人にすりが近よってってさ。ちょっと距離があるから本人に注意しても間に合わなさそうだったし、だったらすりの視線を僕に向けさせた方がいいかなって」

大虎はすりに狙われていた人に駆けより、気をつけてねと改めて注意していた。

茉莉花は大虎のとっさの行動に感心する。

大虎は「すりが狙ってる！　危ないですよ！」と狙われている人へ直接声をかけるので

はなく、すりの気を引いて犯行を中断させた。

直接声をかけた方が早そうに思えるけれど、知らない人に声をかけられてとっさに動ける人はなかなかいないし、混乱させてしまうことですりに財布を抜き取る好機をつくってしまうかもしれない。

「お待たせ～」

「素晴らしいです、大虎さん。叫ぶことですりの犯行を阻止するなんて……！」

茉莉花の言葉に、大虎は照れながら答えた。

「えへへ、嬉しいな。大声を出しただけなんだけれどね」

「すりに気づけるのも、とっさに動けるのもすごいことです。わたしも大虎さんを見習って、次からはとっさに大声を出せるようがんばります！」

そもそも茉莉花はすりに気づけるのかが怪しいけれど、気づけたのなら関係ない方向を指差して叫んで、すりの視線を誘導して……と考えたとき、ふと足を止めた。

（誘導する？）

すりに狙われた人に危ないですよと声をかけるのも、すりの視線を誘導するのも、行き着く先は『すりの犯行を阻止する』で同じだ。

――この考え方を、他のことにも利用できないだろうか。

茉莉花は先ほどまで頭の中に広げていた三枚の白い紙をもう一度見てみる。

犯人の特定は難しくても、犯人だけを誘導することならできるかもしれない。

（どこかにいる犯人を特定のところへ誘導する……そのためならどれだけ無駄があってもいい……！）

犯人しか知らない事実というものが必ずある。

それを上手く利用して、遠回りさせることで、犯人だけを動かせば、最終的に犯人を特定できるはずだ。

「大虎さん！　ありがとうございます！　答えが見つかりました！」

「なんの話かわからないけれど、よかった……でいいのかな？」

茉莉花は、なぜ今まで気づかなかったのだろうかと自分に驚いてしまう。

「まずは翔景さんの力を借りて……陛下に許可を取らないと。それから脚本が必要です。そのためには……」

「へ？　えっ？　もしかして仕事の話？」

突然、茉莉花が仕事を始めたことに、大虎は驚いてしまう。

しかし、邪魔してはいけないと思い、このまま茉莉花の様子を見守ることにした。あと、茉莉花がすりに遭わないように自分が気をつけておくことにする。

「あとは……蓮舟さんの能力がどうしても必要ですね……」

大虎に見守られている茉莉花は、困りきった声を出した。

　この作戦にはどうしても蓮舟が必要だ。

　蓮舟に協力させることは簡単だろう。茉莉花には珀陽がついている。

（でも、その場合は陛下に蓮舟さんの秘密を話すことになる。蓮舟さんとの約束を破りたくないなら、自分の力だけでどうにかするしかない）

　間諜の特定に必要なことだからと言えば、蓮舟は協力してくれる人だ。本人もそう言ってくれた。けれども……。

（官吏としてではなくて州漣としての協力を頼んだら、代わりになにかを要求されるかも）

　仕事で二度と関わらないようにしてほしいという要求は、受け入れられない。御史台に派閥をつくりたくないのだ。

　——やっぱり、これしかない。

　茉莉花は覚悟を決め、蓮舟を脅迫するという選択肢を選ぶ。

「大虎さん、わたしはもう一度悪女になれるでしょうか……？」

　前回は上手くいった。それは麗燕による悪女の演技指導があったおかげだ。

　敵……ではなくて、蓮舟は前回より手強くなっているだろうし、茉莉花の演技力では底が浅い悪女になってしまうかもしれない。

「茉莉花さんには無理だよ！　僕が悪役になる！」

大虎は茉莉花の事情をよくわかっていなかった。それでも、大虎は自分なりになにかしたいと思った。

「大虎さんにそんなことはさせられません……！」

「僕だって茉莉花さんにそんなことをさせられない！」

二人で互いに「悪役をやる！」と主張し合っていたら、どうやら通行人の邪魔になっていたらしい。

「一体、なんの話をしているんだ？」

そこに通りがかったのは雲嵐である。

どうやら茉莉花たちは、雲嵐の屋敷の近くで言い争っていたようだ。

「仕事の話ならこんなところでしない方がいい。個人的な話ならかまわないが」

雲嵐は、仕事の話を続けたいのなら屋敷の中に入れと指差してくれた。

けれども、茉莉花はそれどころではないと雲嵐に質問する。

「雲嵐さん！　わたしと大虎さんのどちらが悪役に合っていると思いますか⁉」

突然こんなことを尋ねられたら、誰だって戸惑うだろう。

雲嵐は茉莉花の質問の意味がまったくわからなかったけれど、茉莉花の勢いに押されて真面目に答えてしまった。

「どちらも……悪役に向いていないと思うが」

雲嵐にとっては、茉莉花も大虎も優しい人間だ。誰かを騙すことがあっても、それは絶対に大きな事情があるからだろうし、二人とも罪悪感を抱いてしまうだろう。

「悪役なら、まだ俺の方が向いている」

雲嵐は話の流れを知らなかったので、余計な言葉をくちにする。

すると、茉莉花と大虎の目つきが変わった。

「三人でしっかり話し合った方がいいみたいですね」

「うん。雲嵐、ちょっと屋敷の中に入らせて」

雲嵐はいい人だったので、戸惑いつつも茉莉花と大虎を屋敷に招き入れる。

そして、建物の中に入ってからようやく『大事な計画に蓮舟の協力が必要になったから交渉したい』という説明を茉莉花からされた。

「茉莉花さんが悪役になっても迫力がないよ！　善人感がすごいって！」

「たしかにその通りだ」

大虎の熱弁に、雲嵐は同意した。

「大虎さんだって人のよさが隠せていません。困っている人がいたら、一緒に困ってあげる方ですから」

「たしかにその通りだ」

茉莉花の熱弁にも、雲嵐は同意した。

そして、揉めに揉めた結果、悪役は一人にしなくてもいいという単純なことに気づく。

三人は順番に悪役をやることにし、その順番はくじ引きで決めることになった。


茉莉花は大虎や雲嵐と共に禁軍営へ向かう。

目的は、禁軍営で拘束されている詠蓮舟との面会だ。蓮舟の疑いはもう晴れているけれど、蓮舟は犯人を油断させるために疑われているふりを続けていた。

「蓮舟さん。頼みがあるんです」

「……話だけは聞きましょう」

茉莉花が大虎や雲嵐と共にきたので、蓮舟は仕事の話をすると思ったのだろう。

ある意味それは正しいけれど、蓮舟の想像しているような話ではない。

「蓮舟さんの名前を貸してほしいんです」

「ああ、書類の処理のときに不都合でもあったんですか?」

茉莉花は今、蓮舟の仕事を代わりにしている。

蓮舟はそのことで相談にきたと勘違いしたようだけれど、茉莉花はにこりと笑って否定した。

「不都合があったわけではないんですが……」

茉莉花は大虎と雲嵐に聞かれないよう、蓮舟の耳元にくちを近づけて囁く。

——州漣先生のお名前を借りたいんです。

蓮舟は茉莉花の要求に眼を見開いた。

「なっ……、……っ……ちが、……ええっと！」

そして、なにかを叫ぼうとしたけれど、なんとか耐える。

「どこの誰の話なのかさっぱりわかりませんね。変なことを言わないでください」

「蓮舟さんもご存じの方ですよね？　文官ですから」

茉莉花は約束通り、蓮舟が作家の州漣であることを言うつもりはない。文官ならばその名前を知っているはずだと言っているだけである。

茉莉花と蓮舟のやりとりは、見ているだけではさっぱり意味がわからないだろうけれど、大虎は自分なりに解釈した。

「ご存じの方……？　わかった！　茉莉花さんは蓮舟の知り合いの情報を蓮舟から聞き出したいんだね！」

「そういうことか」

蓮舟は、勝手に納得し始めた大虎と雲嵐についていけない。

どういうことなのかと助けを求めるように茉莉花を見たのだけれど、茉莉花はにこにこと笑っているだけである。

「先に言っておきますけれど、なにも話す気はありませんからね」

蓮舟は、茉莉花の予想通りに州漣としての協力を拒む。

茉莉花は困り顔をつくり、ため息をついた。

「これは湛楊宏殺人事件の犯人を特定するために必要なことなんです。蓮舟さんも今なにをすべきかわかっていますよね？」

「……うっ」

真面目な蓮舟は、官吏としてすべきことと、個人としてしたくないことを比べたら、官吏としてすべきことを取ってくれる人だ。

「そういうことなら……できる限りの協力をしますが……ただし！」

蓮舟は頷く前に、やはり予想通りの条件を出してくる。

「茉莉花さんは今後一切、僕に関わらないでください。仕事でも私生活でもです」

茉莉花が御史台にきてからというもの、蓮舟に不幸が続いていた。尊敬する苑翔景の仕事を盗られそうになり、自分の秘密を知られ、脅され、ついには禁軍に拘束されたのだ。

蓮舟は、稀代の悪女との悪縁を断ち切りたいと心から願う。

「……蓮舟さん、それでは勝負のお約束が果たせません」

茉莉花の訴えに、蓮舟は冷たい声を出した。

「勝負はします、約束ですからね。ですが、貴女と関わればひどい目に遭うということがわかりました。勝負が終わったら貴女と僕の関係も終わりです。この条件を呑んでくれたらいくらでも協力します」

茉莉花は雲嵐と大虎をちらりと見た。

こう言われることも、それでは駄目だということも、二人にはもう説明してある。

「大丈夫だよ、茉莉花さん。じゃあ、無条件で協力してもらえるよう順番通りに脅していこう！　まずは雲嵐ね」

大虎は恐ろしいことを言い出した。

蓮舟がぎょっとしている間に、雲嵐は縄を取り出す。

「まさか、僕の首を絞めるんですか⁉」

「首を絞めたら声が出せなくなる。まずは危険がないように身体を縛るだけだ」

「危険⁉」

どういうことだと蓮舟が叫んでいる間に、雲嵐は素早く蓮舟の身体を椅子に縛りつけた。

蓮舟は慌てて逃れようとしたけれど、雲嵐はおかまいなしに縄を追加して、絶対に抜け出せないようにする。

「これは既に危険ですよ！　危険がないようにってどういうことです⁉」

「拘束しないと余計な怪我をさせるかもしれない。とりあえず爪を剝がして……」

「うわぁあああ！　やめろ！」

「こうなるからな。爪じゃなくて指を折ってしまうかもしれないんだ」

蓮舟は必死に暴れたけれど、しっかり縛られていたので、首をがくがくと揺らすことしかできなかった。

「爪を剝がしても死ぬことはない。それに、足も入れたら二十本もある」

雲嵐は、脅したいのならこれが一番安全だと言い、金属でつくられたなにかを摘むような道具を出す。

「雲嵐さん、待ってください！　爪を剝がすだなんてそんな……！」

茉莉花は必死に雲嵐を止めた。

このときばかりは蓮舟にとって、茉莉花は救いの女神のように見えてしまう。

「手の爪を剝がしたら、蓮舟さんが筆をもてなくなります。それは困ります！」

茉莉花の擁護は、蓮舟の望むものと微妙に方向性が違ったけれど、今は黙るときだと蓮舟は必死に堪えた。

「なら足からやろう。十本までということだな」

「はい。そうしてください」

「ひぃっ！」

蓮舟は拷問という運命から逃れられないことを思い知り……——ついに意識を飛ばした。

大虎は蓮舟の頬をぺちぺちと叩く。

「あちゃ〜。意識がない人は『なんでもします！』と言えないよ。脅しすぎだって」

「……脅迫は難しいんだな」

「恐ろしいことをしたらいいわけでもないんですね」

——わかりました！　なんでもします！

茉莉花は、この言葉を蓮舟から引き出そうとしていた。

しかし、拷問のふりをして脅すという雲嵐の作戦は失敗に終わってしまう。

「じゃあ次は僕ね！　蓮舟、さっきのは冗談だから起きて〜！」

「……はっ！」

大虎は蓮舟を起こし、よしと気合を入れる。

「僕はね、蓮舟の恥ずかしい秘密を知っているんだ」

大虎の言葉に、蓮舟は茉莉花を見上げてにらんだ。

「茉莉花さん！　あのことは胸に秘めておくという誓約書まで書いておきながらなんてことをするんですか！」

茉莉花は慌てて首を横に振る。

「いいえ、違います！　そんなことはしていません！　それに、あれは恥ずかしい秘密ではなくて素敵な秘密だと思います……！」

蓮舟と茉莉花がひそひそと揉めていたら、大虎はふふんと胸を張った。

そして、蓮舟の耳元で『恥ずかしい秘密』をぼそりと言う。

「蓮舟はさ、茶蛋が食べられないよね」

茶蛋とは、ひびを入れた家鴨の卵を茶葉と香辛料と調味料で煮こんだものである。白楼国では、茶蛋を食べたことのない人の方が珍しいほどの一般的な料理だ。

「……で？」

蓮舟は冷ややかな声で大虎に話を続けろと促す。

「で？　って言われても……」

「はいはい。僕は茶蛋が食べられません～。これで満足ですか？」

茶蛋の味には少々の癖があるため、食べられないという人がいてもそう珍しくはない。

蓮舟は、まさかこれで脅迫したつもりなのかと呆れる。

「大人なのに食べられないものがあるって恥ずかしくない!?」

「大人だから食べなくてもいいんです。上司が同席している食事のときは残しません」

「ええ～!?」

大虎は驚き、蓮舟を脅せそうな他の話を必死に探した。

「駄目だ～。蓮舟って真面目だから、脅迫できそうなものがないよ～！」

二番手の大虎は、早々に敗北宣言をするしかない。

茉莉花は、いよいよ自分の番だと深呼吸をする。

「……最後は貴女ですか」

人生の宿敵が現れたと言わんばかりに、蓮舟は茉莉花を警戒していた。

茉莉花は得意技である曖昧に微笑むを披露しながら、大虎と雲嵐には部屋から出てもらう。この先の話を二人に聞かせるわけにはいかない。

「それでは、わたしの番です。わたしは人を脅すのが苦手なので、お願いの方向で……」

「はぁ⁉　絶対に嘘です！」

蓮舟は茉莉花の問題発言にすぐ反応した。

茉莉花はそれを気にすることなく、蓮舟の耳元にくちを近づけて囁く。

「――蓮舟さんは、翔景さんのご実家の裏のお屋敷を買いましたよね」

禁軍の調査にて判明した事実を伝えれば、蓮舟は眼を見開く。

「なっ……⁉　どうしてそれを……⁉」

「禁軍の調査で判明したことです。それに、わたしは陛下から禁色の小物を頂いていますから、陛下の執務室に出入りできるんです」

これは正規の調査で判明した事実で、そして正規の方法で手に入れた情報だということを茉莉花は説明する。

「陛下は蓮舟さんの財力に驚き、お金の出所を心配していました。ですから、わたしは蓮舟さんのために問題がないことをお伝えしたのです」

茉莉花は動揺している蓮舟に、上手くいったから安心してほしいと微笑みかける。

「それから今朝、禁軍にそのことを黙っていてほしいという口止めもしてきました」

『詠蓮舟が大きな屋敷を買った』という情報が流れれば、蓮舟の作家活動を知らない人は、どこで得たお金なのかが気になってしまうだろう。

蓮舟は色々な人に探られるだろうし、中には蓮舟の正体に気づく者もいるかもしれない。

「わたしは蓮舟さんを傷つけるような噂が流れる前に食い止めたかったんです」

茉莉花の善意の笑顔に、蓮舟はくちびるを震わせた。

「それで蓮舟さん。『お願い』があるんですけれど……」

茉莉花はようやく本題に入る。

縛られたままの蓮舟は、叫ぶことしかできなかった。

「この稀代の悪女め!!　なにがお願いだ!　完全な脅迫じゃないか!　どれだけ邪悪な目的をもっているんです!?　金ですか!?　それとも世界征服!?」

そして、ついに敗北を宣言する。

茉莉花は、『お願い』が成功したことにほっとした。

「わたしの目的はお金でも世界征服でもありません。その、貯めていたお金は使い果たしてしまったでしょう……？　次の新刊が出るまで貯金はないはずです」

「僕の金銭事情をそこまで調べないでください！」

「あっ、わたしが勝手に調べたわけではないですよ。これはすべて禁軍の調査で判明したことですから……！」

蓮舟は、月長城にこんなにも恐ろしい悪女がいて、そして権力者と繋がっていることに恐怖を感じた。

（僕がこの女をなんとかしなければならない……！　このまま自由にさせていたら、翔景さんがいつか殺される……！）

蓮舟は、茉莉花を見張っておかなければならないという決意をする。

「……それで『お願い』とはなんですか？」

蓮舟が悔しさを堪えながら促せば、茉莉花はぱっと表情を明るくした。

「先ほど頼んだ通り、蓮舟さんのもう一つのお名前を貸してください。本当に名前だけでいいんです」

茉莉花のお願いに、蓮舟は嫌そうな顔をする。

「州漣の名を使ってなにをする気ですか？　世界征服の手伝いなんてお断りですよ！」

「蓮舟さん……！　ありがとうございます！」

茉莉花は感謝の気持ちを述べたあと、早速本題に入った。

「実は、州漣先生が雑劇の脚本に挑むという展開にしたいんです」

「……なんですか、それは」

「しかし、州漣先生にとって、脚本を書くのは初めてのことです。州漣先生はまず脚本の習作をつくり、それを劇にしたらどうなるのかを確かめ、自分にいい脚本が書けるのかを改めて考え、それから脚本執筆の依頼を引き受けるかどうかを決めたい……という流れになるはずです」

「んんっ。……まぁ、作家の州漣であれば、それぐらい執筆の仕事へ真面目に向き合うでしょうね」

「ですよね！」

茉莉花は蓮舟の手を握ろうとし……そういえば縛ったままだということに気づいた。慌てて謝りながら縄を外し、話を続ける。

「州漣先生は、最初に脚本の元になる短編小説を書きます。短編小説は連載方式で、色々な人の感想が聞きたいと知人に第一話を渡すんです。その知人が友人に第一話を見せ、またその友人が自分の友人に見せ……を繰り返した結果、月長城に州漣先生の新作短編が広まり、ものすごく話題になります！」

「まぁ、あの大人気作家の小説ですからね。皆さん、続きが気になりますよね」

「はい。月長城内にいる異国の間諜も、話題になっている連載小説を必ず読みます。みんなの話題についていくのも間諜の仕事ですから」

犯人がどこの誰なのかわからない。なにをしているのかもわからない。

しかし、犯人が異国の間諜であれば、月長城で流行っているものを確かめて、皆から浮かないようにするはずだ。

「新作の短編小説の主人公の文官は、異国の間諜である胥吏と親友になって、知らないうちに異国へ情報を流していたんです。あるとき主人公が親友の秘密を知ってしまい、異国に情報を渡したという己の罪を償おうとし、親友を殺すという決意を……」

「それは……」

「湛楊宏殺人事件としか思えない事件が作中で起きるんです。その中に、犯人だけが知っているはずの情報が入っている……」

茉莉花はにっこりと笑う。

「犯人である異国の間諜は驚きます。そして、この小説にどこまで真実が隠れているのかを調べようとします。そのためにも、小説を読み続けなければならないんです」

異国の間諜がなにをするのかわからないのであれば、こちらから『絶対にしなくてはならないこと』を用意してやればいい。

「蓮舟さんに小説と脚本を書いてくださいというのは、さすがに無理なお願いだとわかっています。天命奇航の執筆もありますから」

「天命奇航を書いているのは僕ではありませんけれど⁉」

蓮舟はあくまでも自分と州漣は別人だと訴えてくる。

茉莉花は慌てて頷いた。

「そうでした。州漣先生にお願いするのも大変だと思うので、わたしが代わりに書いてみたんです。確認や修正の指示だけなら楽かな……と」

「州漣の名前で出す短編なら、たしかに妙なものは出せませんからね。州漣名義を貸すだけならまぁ……」

蓮舟は茉莉花に渡された紙を広げ、茉莉花作の短編小説を読んだ。そして……。

「——こんなひどい話を僕名義で出すつもりなんですか⁉」

蓮舟は怒りのあまり、眼の前が真っ赤になった。

呼吸が上手くできていないのか、頭がくらくらする。

「ひどい……ひどすぎます！　どこの御伽話ですかという単純すぎる導入に、説明だけをしている台詞！　小説は事件の記録簿じゃありません！」

興奮しすぎたのか、蓮舟の手に力が入ってしまった。茉莉花作の小説はあっという間にくしゃくしゃにされる。

「すみません、初めて書いたので……。どう直せばいいのか、ご指導お願いします」

「直してよくなるようなものではありませんよ！　論外です！」

蓮舟は頭をかき回した。

これを州漣名義で世に出してはいけない。……というよりも、この小説には皆が夢中になって追いかけてくれるような力は、どれだけ直しても生まれない。

「では、蓮舟さんに案を出してもらって、それをわたしが……」

茉莉花は合作にしようという提案をした。

けれども、蓮舟はそれすらも拒否する。

「僕が書きます！　貴女はもうなにもしないでください！」

「えっ⁉　本当ですか⁉」

「僕の名義を貴女に汚されるわけにはいきませんから！」

ああもうと言いながら、蓮舟は茉莉花作の小説を茉莉花に返す。

茉莉花はくしゃくしゃになった紙を受け取りながら、早速打ち合わせに入った。

「まずはどういう話にするのかをまとめてもらえますか？　演じる人や衣装、小道具の手配も必要になるので……」

　これは最終的に、習作の脚本を試しに劇にしてみるという形になる。茉莉花には大がかりな舞台をつくる気はなかったので、自分だけでどうにかできる小規模なものにしたかった。

　すると蓮舟は紙を広げ、筆をもつ。

「あくまでも習作の脚本なんですよね。なら、衣装や小道具の用意が最低限になるよう気をつけます。役者は？　音楽は？」

「役者は知り合いの官吏に声をかけるつもりです。必要なら楽師の手配もします」

「素人に演技をさせるのなら、音楽でごまかす必要がありますよ。楽師は絶対に用意してください」

　茉莉花は真面目な顔でその通りですと頷く。

（蓮舟さんなら州漣名義でひどい小説を出せるはずがないと思っていたけれど、その通りになってくれたわ）

　この計画には、州漣という作家の協力はいくらでも必要だ。蓮舟を脅す材料がいくつもあって本当によかった。

「僕がいるから脚本はどうにかなる。役者と音楽もどうにかなる……。茉莉花さん、これはあくまでも湛楊宏殺人事件の犯人が異国の間諜で、間諜がひっかかってくれるという前提での作戦ですよね？　まだ他の可能性もあるはずですが、そちらはどうするんですか？」

蓮舟の指摘に茉莉花は頷き、もってきた紙を広げた。

「そうなんです。蓮舟さんに協力を頼むのは、実はこれだけではなくて……」

「はぁ⁉」

「異国の間諜を前提とした作戦の他に、反皇后派による粛清だったという前提での作戦もあります。それから、彼らがわたしたちを攻撃してくる可能性も考えました。今からすべてを説明しますね」

茉莉花は、自分の頭の中に広げていた三枚の紙を実際につくってみた。

それらを重ねて広げ、このときはこうで、違う展開になったらこうで……とめくったり戻したりしながら説明していく。

「……なるほど」

「はい。ご理解いただけてよかったです。それで、蓮舟さんの屋敷へ出入りする許可もほしいんです」

「先ほどの『なるほど』は、貴女の言っていることがさっぱりわからないことがわかったという意味のなるほどです」

蓮舟は、点と、その間を結ぶ線が無数に書かれている謎の紙を勢いよく指差した。

「貴女、説明が下手ですね⁉　話があっちこっちに飛んで時系列がよくわからないし、相手に理解してもらおうという気がまったく感じられません！」

蓮舟からの苦情に、茉莉花は眼を見開いた。

「わからないんですか……⁉」

「僕の理解力が低いみたいな驚き方はやめてください！　貴女の説明が下手なんです！」

「えっ、あの、話はすべて繋がっています！　ほら、ここの準備とここの準備は連動しているので、重ね合わせるように点を置きましたし……。それにここも！」

茉莉花は自分の考えを必死に伝えたけれど、蓮舟は首を横に振った。

「なんとなくわかりましたよ……」

「ですよね！」

「違います！　貴女は小説一巻分の情報量を三枚の紙に点という形で無数に置いて、それらの内容と場所を全部覚えている前提で話をしてくるんです！　僕に無茶な要求をしないでください！」

「ええっ⁉」

茉莉花は今回、回り道や無駄があってもいいという前提で、それはもう人数も準備もたくさん必要な作戦をこれでもかと立てた。

それらをわかりやすくするために三枚の紙にまとめたのだけれど、蓮舟からすると茉莉花の善意は必要のないものだったらしい。

「わかりやすく！　普通に！　説明してください！」

蓮舟の要求に茉莉花は慌ててしまった。

今回の作戦では、蓮舟に色々なことをしてもらうつもりだ。蓮舟が作戦を理解できないまま動いてしまったら、作戦の邪魔になる行動をしてしまうかもしれない。

（どうにかして蓮舟さんにすべてを理解してもらわないと……！）

茉莉花は、資料をつくり直す決意をする。

「出直してきます……！」

ここで説明を繰り返しても時間を無駄に使うだけだろう。

茉莉花は撤退を宣言し、手にもっていた別の資料を卓に置いた。

「わかりにくいとは思いますが、全体像を大まかに把握できる計画書と、各担当者に見せるつもりの個別の計画書もお渡ししておきますね」

「はぁ……。一応読んでおきますね」

蓮舟は、茉莉花から渡されたそれなりの量がある計画書をぱらぱらと読んでいく。

そして……。

「最初からこっちを渡してくれませんか⁉　なんであんな暗号文を僕に見せたんですか⁉　嫌がらせですか⁉」

「えぇっ⁉　わたしはすべてを把握できるようにしてほしくて……」

「こちらの方が上手くまとまっています！　稀代の悪女である貴女の頭の中をそのまま見せられても困ります！　僕はそんな極悪非道な人間ではないので！」

蓮舟は文句を言いながら読み進め、ふと手を止めた。

「これって僕の屋敷ですか⁉」

「はい。協力をお願いしますね」

「僕の屋敷が！　僕の屋敷なのに⁉」

蓮舟は悲鳴を上げる。

茉莉花は、蓮舟が人の眼を気にせずゆっくり読み進められるよう、そっとこの部屋から出ることにした。

第二章

商工会長の店を訪問した茉莉花は、品物を見せてもらいながら茶を飲んでいた。

「以前頼まれていた通り、『天命奇航の第三章を雑劇にしたい』という話を州漣先生にしてきました」

「どうなりましたか!?」

茉莉花が笑顔で用件をくちにすると、商工会長の眼が輝く。

「州漣先生は、第一章から順番に雑劇にしてほしいとおっしゃっています」

「第一章から……ですか」

大人気作家が書いた大人気小説『天命奇航』の第一章は、文官を目指す少年が太学で学びながら学友との友情を育んでいくという、夢と希望にあふれた話である。

主人公が科挙試験に向かってひたすら努力するところに、誰だって感動し、涙し、科挙試験に合格してほしいと願うだろう。

皆、この第一章によって天命奇航の愛読者になる。第一章を雑劇にしたら誰もが見にきてくれるはずだ。

しかし――……。

「ええ、そうです。第一章を雑劇にしても、商工会の商品の宣伝はできません」

茉莉花は深々と頷いた。

商工会の商人たちは、自分の店の商品を雑劇で宣伝したいと思っている。第一章に出てくる小物は筆記具ぐらいだろうから、喜ぶのは筆記具を扱う店だけだ。

「困りましたね。どうしましょうか」

茉莉花は商工会長に頼まれて州漣に連絡しただけという他人事のような態度をわざと見せた。

「茉莉花さま！　どうか州漣先生の説得をお願いします！」

「わかりました。では、これは貸しということで……」

商工会長の頼みに、茉莉花はさっと書類を出す。

「ここに署名をお願いしますね」

商人との口約束ほど恐ろしいものはない。

茉莉花は取引をしたという証拠を残すために、『晧茉莉花の要請があった場合、一度だけ可能な限り協力する』という契約書をつくることにした。

「……わかりました」

商工会長は茉莉花の提案を受け入れ、契約書に名前を書く。

曖昧な契約書に署名すべきではないけれど、この交渉は茉莉花が圧倒的に優位だった。

茉莉花が「残念ですが……」と笑顔で出ていく前に決断しなければならない。

「契約書への署名、ありがとうございます。それで、わたしは州漣先生の説得もしてきまして……」

「茉莉花さま!?　そのことは先に言ってください！」

「あら、すみません。気をつけますね」

茉莉花は穏やかに微笑んだ。

商工会長は、茉莉花の見た目に騙されては駄目だと自分に言い聞かせる。

おっとりとしていて騙しやすそうに見えても、茉莉花の中身は相手をいつ騙そうかと考えている狡猾な商人と同じだ。

少しでも油断したら、自分に不利な契約を結ぶことになるだろう。

「州漣先生は、そもそも自分の作品が雑劇の題材として向いているのかどうかを気にしていました」

茉莉花がどうしましょうとため息をつけば、商工会長は身を乗り出した。

「絶対に向いています！　州漣先生の作品ならば国中の人が見にきます！」

「わたしもそう思います」

茉莉花はにこりと微笑む。

「ですから、州漣先生にお試しで脚本を書いてみてはどうでしょうかという提案をしてみました。すると、乗り気になってもらえたんです」

「……ということは」

「はい。このお試しが成功したら、州漣先生に雑劇用の新作の執筆をお願いできるかもしれません」

脚本を書いて、それを誰かに演じてもらう。

州漣が演劇の面白さに気づいたら、他にも書いてみたいと思うようになるはずだ。

「そこで商工会長にご相談なのですが……」

茉莉花は飲杯をもちあげ、茶を優雅に飲む。

「州漣先生は天命奇航の作者です。ご存じの通り、州漣先生は官吏か元官吏、もしくは官吏にとても近い人です。先生の正体が知られてしまったら、先生に迷惑がかかるかもしれないというのは理解できますよね」

「ええ。もしも先生が今も官吏なら、もしくは関係者が官吏なら、周囲の嫉妬によって情報漏洩だと騒がれ、辞めさせられるでしょう」

茉莉花の言葉に、商工会長はうんうんと頷く。

「その通りです。州漣先生の正体は絶対に隠し通さなければなりません。わたしと州漣先生に繋がりがあるという事実を知られるだけでも、州漣先生にとって困ったことになるんです」

茉莉花は新人官吏だ。地方官を務めたあと、礼部と御史台に所属したという経歴しかもたない。

月長城内での茉莉花の交友関係は、まだとても狭かった。茉莉花と州漣が知り合いという時点で、州漣の候補がかなり限られてしまう。

「ですから、州漣先生と連絡を取り合っているのは、交友関係の広い商工会長ということにしませんか？　この設定にしておけば、先生の特定がしにくくなると思うんです」

茉莉花の提案に、商工会長は輝くような笑顔を見せてくれた。

「勿論ですとも！　お任せください」

そして、茉莉花と交わした契約書をいそいそと広げる。

「それでは、先ほどのお約束はこれで果たしたということに……」

茉莉花は、契約書を破こうとする気配を商工会長から感じたので、わざと飲杯を少しもちあげて音が出るように置いた。

――ことん、と澄んだ音が鳴る。

「いいえ。州漣先生と連絡が取り合えている形にすることは、商工会長にとっても旨みがある話です。これはお互いが得をする取引です。わたしに借りを返したことにはなりません」

「ですが、これは茉莉花さまが『お願い』したことです」

商工会長は穏やかな笑顔のまま、それはいけませんよと言い出す。

しかし、茉莉花は引かなかった。

「わかりました。では別の方にこのお話をもっていきますね。州漣先生に関することは、これからその方を挟んで話し合いをしてもらうということで……」

茉莉花はためらうことなく席を立つ。店から出て行こうとしたら、商工会長は素早く立ち位置を変えて茉莉花の前に立った。

「わかりました！　これはお互いのためになる取引です！　その通りですとも！」

商工会長は、善人としか思えない微笑みを浮かべている茉莉花を見て、恐ろしくなってしまった。

——自分のほしいものを、晧茉莉花はなんでも用意してくれる。そして、当然のことだけれど相応の代金を要求してくる。

晧茉莉花はとても頼りになるけれど、手強すぎる取引相手だった。


茉莉花は、月長城内の禁軍営にいる蓮舟のところへ向かった。

州漣を守るために商工会長と取引してきたことを伝えれば、蓮舟は嫌そうな顔をする。

「……貴女はもしかしてかなりの若づくりで、実は四十歳を超えているんですか？」

そして、とんでもないことを言い出した。

前に茉莉花は、三十歳を超えているという噂を流されたことがあって、それを信じる人もたしかにいたけれど、四十歳だと疑われるのはさすがに初めてである。

「わたしは十代ですけれど……」

「あの商工会長とその若さで対等に交渉できるのはおかしいんです」

「……ええっと、わたしは商人の娘なんです」

茉莉花は、四十歳疑惑を晴らすために、自分の親の話をした。

親から商売について習ったことは何一つないけれど、蓮舟はだからなのかと納得してくれる。

「次の悪役は決まりですね。若く見えるけれど中身は四十を超えた商人一家の男……！」

「え？　もしかして、わたしが天命奇航に出るんですか⁉」

「もう出ていますよ！　悪役として二人も！　まだ発行されていませんけれど！」

茉莉花は、あの天命奇航に出られるなんて……！　と感動した。

天命奇航の愛読者である春雪に今すぐ「聞いて！」と言いたくなったけれど、蓮舟と『すべてを胸に秘める』という約束をしている。したくてもできない。

「あの……その巻が発行されたら、どうしても誰かに言いたくなってしまうので、蓮舟さんと感想を言い合う会をしたいです。どうでしょうか？」

「絶対に嫌です！」

蓮舟は、茉莉花のささやかな頼みを迷うことなく断った。

「そうですか……。残念です。次の巻をとても楽しみにしていますね」

「……僕は小説を書いたことなんてありませんよ」

蓮舟はようやく別人設定を思い出したのか、州漣と自分は無関係だという言葉をわざわざくちにする。

「そもそも天命奇航の執筆が予定よりかなり遅れているので、次はいつになるのか自分でもわかりません。いきなり短編を書くことになって、さらに遅れましたし……」

蓮舟は茉莉花に紙の束を渡した。

「計画書の提出に必要でしょうから、急いで仕上げました。こんな感じでいこうと思います。ご希望通り登場人物は主に二人、あとは兼役で一人。舞台は月長城のみにして、大道具や小道具を使わずにすむようにしました」

茉莉花は、蓮舟がまとめてくれたものに眼を通す。

そして……驚いてしまった。

「蓮舟さん⁉　わたしは友情物でお願いしましたよね⁉」

「短編で友情を熱く語るのは難しいんです。友情というのは時間をかけて築き上げるものですからね。いきなり親友が出てきて熱い友情を披露しても、読者は『ふ〜ん』になるだけですよ。でも恋は違います。一目惚れという言葉があるぐらいですから」

州漣の新作となる物語は、男女の恋物語だ。

主人公は男性文官で、相手役は女性胥吏である。

二人は運命の出逢いを果たしたあと、一気に仲よくなり、恋に落ちてしまう。しかし、女性胥吏の正体が異国の間諜で……という物語だ。

「女性だと演じてくれる人が見つかるかどうか……」

「はぁ？　なら言い出した人が演じてくださいよ」

「……ええ～っと」

蓮舟はふふんと笑う。ようやく茉莉花に仕返しができて嬉しくなってしまった。

脚本の用意、禁軍との窓口になってくれる天河との打ち合わせ、翔景へのお願いも終わったので、茉莉花は正式な計画書をつくった。

早速、珀陽に見てもらうために執務室へ向かう。もう外は真っ暗になっていたので、珀陽は仕事を終えて執務室にいないかもしれないと思ったけれど、珀陽はのんびりと茶を楽しんでいる最中だった。

「茉莉花も飲む？　目が覚めるほど渋いよ。仕事が終わらなくてちょっとゆっくりしようと思ったのに、眉間にしわをつくることになってしまった」

珀陽は笑いながらそんなことを言い、茉莉花に茶を勧めてくる。

茉莉花は、月長城の月の宮の茶がおいしくないことを知っていたので、曖昧に微笑みながら遠慮しておいた。

「湛楊宏と繋がっていた異国の間諜を特定する計画をつくりました。ご確認よろしくお願いします」

珀陽は茉莉花の計画書を受け取り、読んで、うんと満足そうに頷く。

「いいね。今のところ異国の間諜の情報はなにもないから、やれることはやってみよう。それに、失敗しても失うものはない計画だ」

「陛下にもご協力して頂くことになりますが……お願いできますか？」

「勿論だよ」

これで珀陽から正式な許可が下りたことになった。ついに作戦が始まる。

（蓮舟さん、お待たせしました……！）

禁軍営で拘束されている蓮舟の解放は、作戦開始の合図だ。

「まずは明日の朝、詠蓮舟を解放するように私から禁軍へ言っておこう」

珀陽は早速、茉莉花に協力してくれる。

——茉莉花は変わったなぁ。

珀陽は提出された計画書を読んで嬉しくなっていた。

あの茉莉花が、大きな計画を自分で立てて、自分から見てくださいと言うようになったのだ。

こちらからわざわざ「なにか大きな計画を立ててきて」と命じなくても、自分にできることを積極的にしようという考え方になってきている。

「でも、一つだけ気になる点がある」

珀陽は計画書の一枚目にある名前を指でなぞった。

「この計画の責任者は、茉莉花と雲嵐の連名だ。どうして？」

珀陽の疑問は、計画の内容ではなくて責任を取る人物のところへ向けられた。

茉莉花は、たしかに連名にするのなら雲嵐もこの場に連れてくるべきだったと反省する。

「ああ、もしかして、計画を立てたのは雲嵐だったとか？」

「いいえ、わたしが考えたものです。ですが、雲嵐さんは湛楊宏をずっと調べていました。殺人事件が発生したときに、追加の調査をしたいと言い出したのも雲嵐さんでした。そこはやはり筋を通すべきだと思います」

元々茉莉花は、湛楊宏殺人事件の調査は『雲嵐の手伝いをする』という形で関わっていた。しかし、御史台の官吏である蓮舟に犯人との繋がりがあったかもしれないという疑いがかかったので、御史台所属である雲嵐と茉莉花はこの事件の調査から外されたのだ。

その後、茉莉花だけが『禁色の小物を与えられた官吏』という特権を使い、調査を続けることが可能になった。

「なるほど。……湛楊宏殺人事件の犯人は、異国の間諜の可能性が高い。でも、犯人を引きずり出してみたら反皇后派だったという可能性も充分にある」

珀陽は、湛楊宏殺人事件の犯人はまだ完全に特定できたわけではないと改めて言う。そして、茉莉花に驚くことを告げた。

「——雲嵐は非合法活動をしている反皇后派と繋がっている。この計画に関わったら、最後の最後で犯人に情けをかけてわざと逃すかもしれないよ」

あの雲嵐が、非合法活動をしている反皇后派と繋がっている。

茉莉花は頭の中でまさかを繰り返した。珀陽の言葉を理解したくなかったのだ。

(雲嵐さんがそんな……!?　御史台の仕事をとても真面目にして、楊宏さんと非合法活動との繋がりも丁寧に調べていた人なのに……!?)

茉莉花は嘘だと言いたかったけれど、結局は黙りこんだ。

珀陽は悪趣味な冗談を言う人ではない。確実な証拠を掴んでいるから、茉莉花に警告してくれたのだ。

「繋がっているというのは適切な表現ではないね。彼は反皇后派ではないし、非合法活動もしていない。彼の友人が反皇后派で、非合法活動に参加しているだけだ」

「友人……」

「おそらく、雲嵐もそれに薄々気づいている。気づいているけれどなにも言わない。優しさなのか同情なのか、それとも皇后派に思うところがあるのかはわからないよ」

茉莉花は、自分が雲嵐の立場だったらという想像をしてみた。

（友人に疑いをもったら、本当かどうかを調べて……それから……）

反皇后派で集まって愚痴を言い合っているだけなら、なにも知らないふりをするだろう。

しかし、もしも誰かを傷つけるような計画を立てていたら……。

（信頼できる人に相談する）

相談するのは、どうにかして止めたいという意思があるからだ。

けれども、雲嵐は誰にも相談していない。もしかしてと珀陽が疑うのは当然だろう。

「雲嵐は信用できる相手だ。反皇后派以外の案件なら……それこそ異国の間諜の特定をするだけだったら、いくらでも頼っていい。けれども、これはまだ犯人がはっきりしていない。私たちは最悪の展開もきちんと考えないといけないんだ」

「……はい」

珀陽の言う通り、この計画に雲嵐を関わらせるべきではない。

雲嵐は反皇后派の友人に大事な計画を教えるようなことはしないだろうけれど、最後の最後でためらうことはたしかにあるかもしれなかった。


茉莉花は御史台の仕事部屋に戻って自分の荷物を片付けたあと、大虎の仕事部屋を覗く。

「大虎さん、お疲れさまです」

「お疲れさま～！　帰ろっか！」

「はい。お待たせしてすみません」

今は周囲を警戒しなければならないときだ。大虎には申し訳ないけれど、できるだけ一緒に帰りたかった。

「明日、蓮舟さんが解放されるはずです。御史台の雰囲気もこれでよくなりますね」

「本当!?　よかった～！　やっとだね」

茉莉花と大虎は、蓮舟の話をしながら月長城を出る。

大通りを歩いていけば、大虎はあちこちから声をかけられた。本当にどこにでも友だちがいる人だ。

「……大虎さんは、お友だちが悪いことをしていたらどうしますか？」

「友だちが悪いことをしたら？　やりすぎたらやっぱり注意すると思う。人を殴ってそのままにするとかさ」

「あの……人を殴った時点でやりすぎていると思います……」

大虎と茉莉花の『悪いこと』の定義はかなり違っていたけれど、注意したいと思うところは同じだった。

「お友だちが悪い人に引きずられそうなときは、いつ注意しますか？　早めに？　それともぎりぎりまで様子を見ますか？」

「ん～、注意かぁ。するとは思うけれど」

大虎は言葉を止め、少し考えてからくちを開く。

「経験上、それで止められたことってあまりないんだよね。悪いことをする前にやめた方がいいって言っても、大体は『ああ、やっぱり』になる」

「そうですか……」

「友だちとなにかあった？」

大虎は、茉莉花の友だちになにかあったのではないかと心配してくれた。

茉莉花は首を横に振り、「大丈夫です」と答える。

「茉莉花さんは優しいから、友だちをどうにかしてあげたいって思うだろうけれど、無理なときは無理なんだ。だからさ、友だちが馬鹿なことをしたときに、それでも友だちのことを許せるんだったら、茉莉花さんは友だちのままでいるよって声をかけてあげるといいよ」

大虎の言葉に、茉莉花の気持ちが少し楽になった。

「ありがとうございます。そうします」

誰とでもすぐ仲よくなれる大虎は、友人に言葉が届かないという経験を何度もしてきたのだろう。

人の決意をひっくり返すというのはとても大変なことで、努力したらどうにかなるものでもないのだ。

翌日、蓮舟は正式に解放された。

御史大夫は朝礼を行い、蓮舟が戻ってきたことを御史台の官吏たちに伝える。

「お騒がせして申し訳ありませんでした」

蓮舟がそう言って頭を下げると、御史大夫は大変だったねぇと労わる。

「禁軍の捜査で、湛楊宏殺人事件の犯人が疑いの眼をそらすために蓮舟くんを利用したということがわかった。犯人は月長城に出入りできる者で、まだ捕まっていない。またこういうことが起こるかもしれない。身の回りに異変がないかどうかを気にかけておくように」

御史大夫の言葉で、御史台の仕事部屋が珍(めずら)しくざわつく。

気にかけておくようにと言われても、どうしたらいいのかわからないのだろう。

「それから、湛楊宏殺人事件の調査については、すべてを機密扱いにしてもらっている。被害(ひがい)者の関係者は、中途半端(ちゅうとはんぱ)な情報しか得られていないだろう。その中途半端な情報を繋ぎ合わせた真相をつくり、無関係な人を逆恨(さかうら)みするかもしれない」

御史大夫は自分の横に立つ蓮舟を見た。

「蓮舟くんは事件に無関係だったと判明している。けれども、それを信じずに権力でどうにかしてもらったと思う愚か者もいるはずだ。その場合、湛楊宏の友人が仇(かたき)を取ろうとして蓮舟くんを狙(ねら)うこともあるだろう」

そして、次は部屋の隅(すみ)にいた雲嵐を見る。

「『湛楊宏の監査(かんさ)の担当は威(い)雲嵐だった』ということを知ったら、雲嵐くんが調査中に湛楊宏と揉めてうっかり殺してしまい、それを誤魔化そうとして蓮舟くんを陥(おとしい)れたという勘違(かんちが)いをするかもしれない。この場合は、雲嵐くんが狙われる」

御史大夫は最後にみんなの顔を見ていった。

「狙われるのは二人だけではない。御史台全体で隠蔽(いんぺい)工作したと考える人もいるかもしれないんだ。禁軍に相談して、御史台にも護衛をつけてもらった。しばらくはできるだけ複数人で行動するように」

御史台の官吏たちは、御史台だからという理由で狙われるかもしれないと言われたあと、わかりやすく動揺した。大丈夫なのかなと不安そうな顔をする者や、周りにどうしたらいいのかを尋ねる者もいる。

「護衛の武官は、傍にいることもあれば、少し離れたところにいることもある。なにかあったときはすぐに助けてくれるはずだ。でも、頼ってもいいのは手首に黄色の紐をつけた武官だけだよ。なぜかというと、犯人は武官の可能性もあるんだ。事件を起こして助けるふりをして油断させるという罠をしかけてくるかもしれないからね」

皆が自分の手首を思わず見た。

襲われたときにどうしたらいいのかを具体的に教えられたことで、自分が襲われるかもしれないというぼんやりとした不安がより具体的になっていく。

「誘拐されたり脅されたりして、通りすがりの武官へ密かに助けを求めたいときの合言葉もつくってある。挨拶するふりをして自分の手首を掴みながら『明後日からよろしくお願いします』と言うんだ。行動を見張られていて喋れないのなら、手首を力いっぱい握るだけでもいい」

御史大夫が一気に色々な説明をしたので、官吏の一人が聞いたことを紙に書き留めようとした。

それに気づいた御史大夫は慌てて注意する。

「このことを紙に記さないように。気をつけても落とすときは落とすし、不注意でどこかに置いてくることもある。忘れたら何度でも茉莉花くんや蓮舟くんに聞いてくれ。何度でもいいからね」

絶対に外部へ流出させたくない話は、そもそも記録してはいけない。

茉莉花と蓮舟は、皆の顔を見て小さく頷く。

「それから、蓮舟くんの作戦で、湛楊宏の暗号文を御史台で保管しているという話になっている。それを狙っている者もいるかもしれない。暗号文を狙う者に誘拐されたり脅されたりした場合は……茉莉花くん、例のものをみんなに配って」

「はい」

茉莉花は用意しておいた紙を全員に配った。

みんなは紙に書かれている文字を読んだあと、首をかしげる。

「今からこれについて説明するから、よく聞いて。理解できなかったり、聞いたことを忘れてしまったり、あとで疑問が出てきたら、茉莉花くんや蓮舟くんに聞けばいいからね」

そして、御史大夫は配った紙についての説明を始める。

それが終わったあと、御史大夫は「自分の仕事はこれで終わり」といわんばかりにさっと部屋から出ていった。

「茉莉花さん！」

「蓮舟さん……！」

茉莉花と蓮舟は一度の説明だけでは理解できなかった人たちに囲まれる。何度も説明を繰り返したあと、茉莉花はやっと自分の仕事に取りかかれた。まずは蓮舟との引き継ぎだ。

「ここのところなんですが……」

茉莉花は蓮舟の仕事を一時的に引き受け、進めていた。

どう動いたらいいのか、どう判断したらいいのか、茉莉花はほぼ毎日のように蓮舟へ確認していたので、引き継ぎはあっさり終わる。

「茉莉花さん、今までありがとうございました。……これは提案なんですが、この二つは茉莉花さんの案件にしませんか？　あとは確認だけですし、僕に戻す意味はありませんから」

蓮舟はいくつかあるうちの二つの資料を茉莉花に戻そうとする。

茉莉花は驚きつつもそれを受け取った。

「わたしに任せてしまってもいいんですか？」

「任せても問題ないから渡すんです。今から新規案件ばかりを担当したら、さすがに大変でしょう。継続して担当するものもあった方がいいですから」

蓮舟に気遣われた茉莉花は、眼を輝かせる。

これはあれかもしれない。天命奇航にあった『共闘することで互いを理解し、打ち解け合う』というものだ。

（もしかして、わたしは蓮舟さんと仲よくなっているのかも……!?）

茉莉花がきらきらした瞳で蓮舟を見つめていると、蓮舟は眼を細めた。

「こんなときに、夜遅くに帰らなければならないほどの量の仕事をもたせるべきではありません。茉莉花さんは官舎暮らしではないので、一緒に帰ってくれる人も少ないでしょうし」

蓮舟に心配された茉莉花は、嬉しくなってしまう。

「心配してくださってありがとうございます。早く帰るようにします」

茉莉花は礼を言ったあと、はっとした。

たしかにこんなときだ。なにかあった場合に備え、御史台を仕切っている蓮舟には、住んでいるところを知らせておくべきだろう。

「実は今、皇帝陛下のご厚意に甘えて、陛下の所有しているお屋敷を間借りしているんです。場所を教えておきますね。もしも近くで襲われるようなことがあったら、遠慮なく駆けこんでください」

「そうならないことを祈りますよ」

茉莉花は蓮舟に屋敷の場所を教えたあと、自分の席に戻ろうとする。

「……茉莉花さん」

しかし、蓮舟に引き止められた。どうやら話は終わっていなかったらしい。

「先ほどの御史大夫の話は、例の計画書にすべて書かれていたことでした。あれは茉莉花さんの提案ですよね。完全に御史大夫の手柄になっていますけれど……いいんですか？」

「御史台の官吏への注意喚起ですから、御史大夫にお任せするのが一番だと思います」

「ですが……！」

蓮舟は茉莉花の説明に納得いかないようだ。さらになにかを言おうとする。

「御史台の官吏に関する責任は、御史大夫が取るべきです」

茉莉花がそう言いきって微笑めば、蓮舟は言葉に詰まった。

今後、御史台の官吏になにかあったら、あちこちに頭を下げて走り回るのは御史大夫の仕事になるという意味だと気づいたのだ。

「……そう、ですか」

「はい。それにわたしは例の計画の責任者なので、あちこちに手を出すのは難しいんです」

これはただの役割分担だ。御史台の官吏を守るのは御史大夫に任せ、茉莉花は自分のすべきことに集中するつもりである。

「稀代の悪女の手腕はお見事です。上司さえ利用すべき相手だとは」

「えっ!?　そんなつもりでは……！」

「もういいです。仕事をしましょう」

蓮舟は、心配して損をしたとばかりに茉莉花へ背中を向けた。


蓮舟が御史台に復帰したので、ここはお疲れさまでした会を開くべきだろう。

しかし、蓮舟本人がそんな場合ではないと断ってしまった。

今は夜遊びせずにおとなしくすべきときだという意味もあるだろうけれど、その前に蓮舟の部屋は武官の捜索によって散らかったままで、お疲れさま会をしている場合ではなかったのだ。

蓮舟のお疲れさま会は片付け会に変更となり、有志が手伝うことになった。

「わたしも手伝いたかったんですけれど、雲嵐さんから官舎に女性が入るのはどうかと止められまして……」

「あ〜、官舎は男しかいないもんね。僕も手伝おうかって蓮舟に一応言ったけれど、片付けの才能のない人はこないでくださいって断られたよ」

茉莉花と大虎はそんな話をしながら帰り道を歩く。

きっと近くで武官が見張ってくれているだろうけれど、それに任せきってしまうのもよくないので、茉莉花は自分なりに気をつけておいた。

（蓮舟さんが解放された話は、もう月長城内に伝わっているはず……。妙な誤解をした者が怒りに任せて動くなら今夜になるし、冷静に計画を練るつもりなら動くのはもうしばらく先になる）

茉莉花は色々なことを心配していたけれど、無事に珀陽の屋敷へ到着する。

このまま何事もなく平穏な日々が続いてほしい——……と思っていたけれど、事件は早々に起きてしまった。

「雲嵐さんが刺された……⁉」

夜、茉莉花が大虎の琵琶の音色を自分の部屋で静かに楽しんでいたら、使用人がとんでもない話をもってきた。

茉莉花が大虎と共に慌てて一階へ降りたら、黄色の紐を手首に巻いている武官がいて、茉莉花に勢いよく頭を下げてくる。

「申し訳ございません！　気をつけろと言われていたのにこのような失態を……！」

「雲嵐さんの怪我はひどいんですか⁉」

まさか、と茉莉花が顔色を変えたら、武官は顔を上げる。

「命に別状はありません。腕を刺されていますが、もう血は止まりましたし、動かすこともできます」

「よかった……！」

茉莉花と大虎は、やっと少しだけ安心することができた。

「一体、雲嵐さんになにがあったんですか？」

「それが……雲嵐殿は蓮舟殿の部屋の片付けを手伝ったあと、護衛の武官と共に自宅へ向かいました。しかし、二人で細い道に入った途端、六人の集団に襲われたのです。我々は雲嵐殿を守りきれず、襲撃者を捕まえることもできず……本当に申し訳ありません！」

御史台の官吏が襲われるかもしれないという話はしていた。

そのときに備え、みんなに護衛をつけておいた。

しかし、準備しておいてもすべてのことを防げるわけではない。

（わたしには武官の仕事の評価はできない。護衛をしていた武官を叱るべきなのか、励ますべきなのか、それは天河さんに任せましょう。今やるべきことは……！）

茉莉花は動揺している自分に「落ち着いて」と言い聞かせ、深呼吸をする。まずは事実の確認をすることにした。

「雲嵐さんを襲った人たちの顔は見ましたか？」

「襲撃者たちは顔を隠していました。なにも喋らなかったので、声は聞けていません」

「襲撃者は、武官が助けに入ったら逃げていったんですよね？」

「いいえ。追ってこなかったんです。護衛の武官は雲嵐殿を庇いながら大通りまで走りましたが、大通りで振り返ったときにはもう誰もいなかったんです」

雲嵐は夜道で襲われて、腕を刺された。武官と雲嵐は大通りまで走って逃げた。襲撃者は追ってこなかった。

事実ははっきりした。ここからは細かい部分の確認だ。

「どうして襲われたのかはわかりますか？　雲嵐さんはなにか言っていましたか？」

「雲嵐殿はなにも言っていませんでした。御史台の皆にこのことを伝えて外へ出ないように注意してきてほしいことや、禁軍を派遣して皆の警備を強化してほしいということを頼まれました」

「……わかりました。連絡ありがとうございます。またなにかあったらすぐに教えてください」

「はい！」

禁軍は今から、御史台の官吏たちに事件発生の連絡をし、警備の強化もする。

茉莉花はそれが終わるまで、ここで待機すべきだろう。下手に動いたら禁軍に迷惑をかけてしまう。

「雲嵐さんのところへ行くのは諦めるしかないですね……」

茉莉花が両手をぎゅっと握ったら、大虎が優しく声をかけてくれる。

「大丈夫だよ、茉莉花さん。雲嵐なら絶対に大丈夫」

大虎にとって雲嵐は異母兄だ。家族が怪我をして動揺しているはずなのに、それでも茉莉花を励ましてくれた。

「僕たちは早めに休もう。こういうとき、部屋の灯りを遅くまでつけていると、どこに誰が寝ているのかを特定されやすくなるって聞いたよ」

「そうですね」

茉莉花は自分の部屋に戻り、すぐに灯りを消して寝台へ入る。

眼を閉じてみたけれど、眠くなることはなかった。逆に色々なことを考えてしまう。

（……雲嵐さん、大丈夫かな）

本当は今すぐ会いに行きたい。無事であることを確かめ、ほっとしたい。

しかし、それはただの自己満足だ。武官から大丈夫だと聞いているし、なにかあったら連絡してくれることになっている。わざわざ動いて、警備体制の変更を要求すべきではない。

「…………」

誰が雲嵐を襲ったのだろうか。金をもっていそうだと思われて偶然狙われただけなのか。それとも恨みをどこかで買って狙われたのか。それとも命が目的ではなくて、誘拐や脅迫が目的だったのか。

（わからない……）

茉莉花は寝返り(ねがえ)を打つ。

雲嵐を襲う可能性がある者の中に、湛楊宏の仲間がいるはずだ。

彼らが中途半端に情報を得ていたら、雲嵐が湛楊宏を殺したと勘違いすることもたしかにあるだろう。

（武官の雲嵐さんと護衛の武官……。身の守り方を知っている二人組なのに怪我をした。六人に襲われたらそうなってもしかたないのか、それとも……）

雲嵐には反皇后派の友人がいる。その友人は非合法活動に関わっている。

雲嵐は襲ってきた者たちの正体に気づき、うっかり同情し、それで動きが鈍(にぶ)くなって怪我をしたということはないだろうか。

もしくは、襲ってきた者の正体に気づきながらも、知らないふりをして庇ったということはないだろうか。

――雲嵐さんを疑いたくなんてないのに。

茉莉花は今、珀陽の気持ちがようやく理解できたのかもしれない。

雲嵐はとても公平な人で、頼ってもいい相手だけれど、反皇后派に関するところではやはり警戒しなければならないのだろう。

翌日、御史台の仕事部屋でまた朝礼が行われた。

御史大夫は疲れた顔で昨夜の事件についての話をし、雲嵐の怪我の様子や、今日は医者に改めて診てもらう予定であることを告げる。そして、「みんなも気をつけるように」と言って終わりにした。

「失礼します。大虎さん、今日の調査ですが……」

茉莉花は朝礼が終わったあとに大虎の仕事部屋を訪ね、しばらくは城外での調査は控えるという話をした。

少し前までは、一人で動かなければ大丈夫だろうと誰もが思っていた。だから茉莉花も、大虎を連れて城下町を歩いていたのだ。けれども、今はもう護衛をつけても危ないという段階にきている。

「こうなると昼間でも危ないよね。犯人は誰なんだろう。雲嵐が個人的な恨みを買うことなんてなさそうなのに……」

大虎がそう言ってため息をついたとき、廊下から声をかけられた。

「入るぞ」

覚えのある声だ。しかし、彼はここにいるはずのない人物である。

茉莉花と大虎は顔を見合わせたあと、勢いよく扉を開けに行った。

「雲嵐⁉　え⁉　本人⁉」

扉の前に雲嵐が立っている。彼の左腕は布で固定されていた。

「動いても大丈夫なんですか⁉」

茉莉花が驚けば、雲嵐は問題ないと答える。

「大した怪我ではないから、包帯を巻くだけではとっさに動かしてしまう。そうならないように固定しているだけだ」

雲嵐の顔色が悪いとか、呼吸がおかしいとか、そういうことはたしかになさそうだ。この様子なら無理して登城したというわけでもないだろう。

「雲嵐さん、こちらへどうぞ」

茉莉花は雲嵐に椅子を勧めた。怪我人を立たせたままにするわけにはいかない。

「……ありがとう。昨日の襲撃だが、金品目的の素人ではない。六人のうちの二人はしっかりと訓練を受けている人物のはずだ」

雲嵐はため息をつき、怪我の部分を右手で撫でた。

「どういう経緯で襲われたのかはわからん。相手はなにも言わなかったからな」

そして、雲嵐はなぜか茉莉花に向かって頭を下げる。

「――昨夜の襲撃で怪我をしたのは、俺の甘い判断のせいだ。色々不安にさせただろう、すまない」

突然の謝罪に茉莉花は驚いてしまった。

「いえっ！　そんな！　雲嵐さんは被害者です……！」

慌てる茉莉花に、雲嵐はそうではないと首を横に振る。

「蓮舟の部屋の片付けを手伝った帰り、誰かにつけられている気配がした。護衛の武官に、自分たちならあとをつけている者を捕えられるだろうと言って、二人でわざと人のいない道に入ったんだ」

「ええっ⁉　雲嵐たちは急に襲われたわけじゃないってこと⁉」

いきなり襲われたから怪我をしたのだと、茉莉花も大虎も思っていた。

しかし、どうやら単純な話ではなかったらしい。

「こちらの誘いに向こうは乗り、四人で襲ってきた。だがその四人は囮で、気配と足音を隠していた二人が襲撃に加わったんだ」

茉莉花は、『雲嵐と護衛の武官は六人がかりで襲われた』という話しか聞いていなかった。

どうやら襲撃者たちは、雲嵐が甘い判断をするように上手く誘導したらしい。

「俺たちは六対二になった時点で、すぐに逃げるべきだった。だが、俺に欲が出た。せめて顔を見てやろうと手を伸ばして……甘い判断をした」

雲嵐が申し訳ないと言わんばかりに眼を伏せる。

「武官だけなら襲われても大丈夫だと勝手に思ってしまった。次回からは己を過信せず、応援を呼んでから動くことにする」

あとをつけられていたことに気づいた雲嵐がどうして自分の判断ですぐに動こうとしたのかを、茉莉花はようやく理解できた。

（雲嵐さんは、わたしたちを守ろうとしてくれていた……！）

御史台には文官が多くいる。けれども、頭脳で戦う文官は身を守る方法をもっていない。雲嵐は優しくて強い人だ。だからみんなのために早く決着をつけたかったのだろう。

「……わかりました。また雲嵐さんが狙われるかもしれないので、護衛を増やしておきます。今度こそ怪我なく襲撃者の正体をはっきりさせましょう」

茉莉花は雲嵐のやりたかったことを肯定し、まだ失敗したわけではないと励ます。

きっとその気持ちは伝わったのだろう。雲嵐の背筋が伸びた。

「ああ。次こそは必ず」

茉莉花は雲嵐の決意をしっかり受け止める。

「雲嵐さん、急ぎの仕事があれば代わります。指示を出したらあとはご自宅でゆっくり休んでください」

　雲嵐には雲嵐の得意分野があり、茉莉花には茉莉花の得意分野がある。

　茉莉花はせめて自分の得意分野で雲嵐を支えたかったのだけれど、雲嵐はそれを断った。

「右手は動く。それに、この慌ただしいときに一人だけのんびりしてはいられない。無理をする気はないから安心してくれ」

　雲嵐が家で休んでいても、文句を言う人なんていない。それどころか、心配する人ばかりである。

　雲嵐もきっとそのことをわかっているだろう。しかし、右手が動くのならと月長城まで仕事をしにきてくれた。

(本当に真面目な人だわ。……わたしは雲嵐さんを疑う前に、もっと雲嵐さんのことを知らなければならない)

　知ればきっと、疑うべきところと疑わなくていいところがはっきりする。危ないと思ったら事前に察することができるようになる。

(これも回り道なのかもしれない)

『疑う』が一番早い答えだろう。けれども、『親しくなる』や『知る』という回り道をしたとしても、たどり着くところは同じだ。

「わかりました。でも、今日ぐらいはのんびり仕事をしてください。あとでお茶をもっていきますね。雲嵐さんが登城したことは、わたしから皆さんに伝えておきます」

今、茉莉花のすべきことは、こうやって雲嵐の代わりに動いたり、ときどき雲嵐の部屋に顔を出して雑用を引き受けたりすることだろう。

まずはこの機会を使って会話を増やし、雲嵐と親しくなり、もっと雲嵐を知っていく。同時に、他にできることも探していこう。

「よかったね、雲嵐。茉莉花さんのお茶は本当においしいよ。僕もあとでお菓子をもっていくからね」

大虎もまた、雲嵐に休憩しようと声をかけて、無理をさせないようにしてくれるようだ。

「……ああ、助かる」

茉莉花と大虎の気遣いを受け止めた雲嵐は、ほんの少しだけ柔らかな表情を見せてくれた。

茉莉花は大虎の仕事部屋を出たあと、御史台の仕事部屋に戻った。

そこにいた皆に、雲嵐が登城したことと、思っていたより元気だったことを伝えておく。

「蓮舟さん、少しお話が……」

茉莉花は自分の仕事を始める前に、蓮舟に声をかけた。

蓮舟は官舎に住んでいるから、移動するとき以外は襲撃や脅迫を心配しなくてもいいように思える。しかし、官舎には湛楊宏殺人事件の犯人や、雲嵐を襲った人物も住んでいるかもしれない。仕事が終わっても気を抜かないでほしかった。

「次に襲われるのは蓮舟さんかもしれません。官舎にいてもいなくても、窓や扉に鍵をかけてくださいね」

「ええ、当然そうするつもりですよ。ご心配ありがとうございます」

「それから……」

茉莉花は小声に切り替えたあと、周りをちらりと見て注目されていないことを確かめる。

「執筆の調子はどうでしょうか？　一話は書き終わりましたか？」

「……昨夜は部屋の片付けしかできませんでしたよ」

「わかりました。がんばってくださいね」

茉莉花と蓮舟がこそこそと話していたら、同僚の一人がなにを話しているのだろうかとこちらを振り返った。

「それで、わたしの友人のことなんですけれど……悪い人に騙されているみたいで」

茉莉花は、同僚がこちらへ興味をもたないようとっさにどうでもいい嘘をつく。

蓮舟もすぐに話を合わせてくれた。

「そのことについてご友人と話し合いましたか？」

「はい。気をつけてほしいと言ったんです。ですが、悪い人ではないと逆に怒ってしまいました」

よくある人生相談のふりをしたら、同僚は興味を失ってくれたようだ。

茉莉花はもう大丈夫だろうと蓮舟に眼で合図をする。

蓮舟はわかったと頷き、話を終わらせるための言葉をくちにした。

「ご友人の中で、悪い人の優先順位が高いんでしょう。悪い人に騙されて絶望したあとなら順位を変えられるでしょうが……。割りきるしかありません」

「……そうですね。ありがとうございます」

よくある人生相談を終えたふりをした茉莉花は、自分の卓に着いた。

今日やらなければならないことを頭の中でざっとまとめ、優先順位の高いものから手をつけていく。

(仕事も人間関係も、優先順位が存在する……)

雲嵐は、友人と同僚の茉莉花を比べたら、友人を取るだろう。

少し前に蓮舟が言っていた通り、友情は時間をかけて築き上げるものだ。この時間をかけた友情に勝ちたいのなら恋しかない。もしくは、同じぐらいこちらが友情を築き上げるか。

(……『他にできること』はあまりないのかも。もどかしいな)

茉莉花は仕事に小さな区切りをつけて手を止めるたび、雲嵐のことを考えてしまった。

「すみません。この確認をしてほしいのですが……」

茉莉花が資料を確認しようとしたとき、同僚が待っていましたと言わんばかりに声をかけてくる。

茉莉花は同僚から書類を受け取り、それに眼を通した。

「これで大丈夫です。この部分は御史大夫にわたしから頼んでおきますね」

茉莉花は優先順位を切り替え、書類の確認と許可を御史大夫へ求めに行く。

しかし、御史大夫の優先順位は仕事よりも愚痴だったようだ。茉莉花に「なんで私が御史大夫のときに限って問題が起きるんだろうねぇ」という話を何度もしたあと、ようやく書類を受け取ってくれた。

「はい、これでいいよ。禁軍には私が声をかけておくから」

「ありがとうございます。それからもう一つあるんですが……」

茉莉花は蓮舟から、あとは確認するだけという仕事を任されていた。

しかし、御史台に異動したばかりの茉莉花は、確認にどのぐらいの時間をかけたらいいのかがわからない。

「前に中間報告をした案件です。特に問題のない文官のようですが、もう少し確認してから結論を出そうと思っています。……その『もう少し』の期間は、通常どのぐらい取るものでしょうか」

御史台の仕事は官吏の監査だ。終わりがはっきりしているわけではない。そして、問題ないという結論を出したあとに、問題が発生することもある。

「茉莉花くんの好きにしていいよ。特にこうした方がいいというものでもないからねぇ。気がすむまで調べてもらってもいいし、ここで打ち切ってもいい」

「……そういうものなのですか？」

「そう、そういうもの。でもまぁ、真面目な茉莉花くんにいいことを教えてあげよう」

御史大夫も若いころ、御史台の文官の一人として手柄を立てるためにがんばっていた人だ。そんな彼の『いいこと』とはなんだろうかと、茉莉花はどきどきしてきた。

「御史台で官吏の監査をした結果、『問題ありませんでした』は手柄にならないけど、『問題ありました』は手柄になるんだよねぇ」

同じ調査をしても、結果次第で手柄になるかどうかが決まる。

そのため、御史台所属の出世したい若手官吏は、身内の権力で官吏にしてもらったやる気のない者から仕事を譲ってもらっていた。

出世したい官吏とやる気のない官吏のどちらも得するという関係が、御史台の中でひっそりと生まれているのである。

「だからね、もう少しの確認はいくらでも引き伸ばしていいんだよ。どこまでも気長にやった方がいい。悪いことをした瞬間に『問題がありました』にする方が得だから」

御史大夫からありがたい助言をもらった茉莉花は、にこりと微笑んだ。

「勉強になりました。本当にありがとうございます」

「『待てば甘露の日和あり』だ。焦らずのんびりやってね」

御史大夫のありがたいお言葉である『待てば甘露の日和あり』には、正しいことをし続ければ、乾いた大地にも恵みの雨が降りそそぐという意味がある。

茉莉花は言葉の意味を噛みしめながら、御史大夫がここまで出世した理由を悟った。

（すごいわ……！　この発想はわたしになかった……！）

さすがだと感心したあと、自分にできるだろうかと不安になる。

しかし、今は御史大夫の言う通りにした方がいいだろう。上司の助言に従ったふりをするのは、官吏生活においてとても大事だ。

それではと茉莉花は部屋を出て行こうとしたのだけれど、御史大夫はなぜか首をかしげた。それには、思っていた通りの反応が得られなかったという戸惑いを感じる。

「あ、もしかして茉莉花くんは『友よ、果報は寝て待て。待てば甘露の日和あり』を知らない？」

「……『果報は寝て待て』と『待てば甘露の日和あり』は知っています」

御史大夫は茉莉花の返事に驚きの声を上げた。

「そうなんだ！　そっか、若い人はもう知らないのか……。私が若いころにとても流行った小説に出てくる台詞なんだよ。主人公のこの決め台詞にいつもわくわくしてねぇ」

御史大夫は「あれだけ流行ったのに……時代の流れだね……」と遠くを見る。

「どのようなお話なんですか？」

「主人公は文官なんだけれど、夜になると大通りから三本目の三つ目の建物で『なんでも解決屋』を開くんだ。怪奇に挑む姿が格好いいんだよ！」

御史大夫は小説の内容を楽しそうに説明してくれたけれど、茉莉花は朝から晩まで働いている主人公を気の毒に思ってしまった。

「『三花奇談』という題名でね。いやぁ、懐かしい！　読み返そうかなぁ」

茉莉花は、御史大夫がここまではしゃぐのなら読んでみようかなという気持ちになってくる。流行っていたのなら楽しめるものだろうし、なによりも……。

「面白そうですね。わたしも読んでみます」

「そうして！」

上司と話を合わせるのは、部下の役目だ。

茉莉花は頭の中に『三花奇談』という題名をしっかり記しておいた。

（……うん？　三花？　若い人は知らない……？）

茉莉花は大事なことに気づき、はっとする。

「あの、三花奇談を読んだ方って何歳ぐらいまででしょうか⁉」

「えっ⁉　いくつだろう……？　私が二十代のときに流行っていたから、そのころの十代の子も読んでいたよね。う～ん、今の三十代ぐらいまでかな？」

「ありがとうございます。確認してからになりますが、配った暗号文を書き換えてみます。こちらの方が自然かと……！」

茉莉花が暗号文をよりよいものにできそうだと言えば、御史大夫は笑顔を見せる。

「よくわからないけれど、よかったよ。なにかの成果が出たら、御史大夫の助言のおかげだってみんなに言ってね」

御史大夫は、『茉莉花にとっては筋の通っている話だけれど、聞いている人にとっては斜め上方向から突然降ってくる話』に混乱することはなく、広い心で受け止めてくれた。

「それでは失礼します」

茉莉花は御史大夫の部屋を出たあと、頭の中で暗号文を書き換えてみる。

（うん、しっくりくる。三花も利用できそう）

思ってもみないところから、色々な方向で活用できる素敵な助言をもらえた。

「待てば甘露の日和あり……か」

月の宮はすぐに結果を出した方がいいところだけれど、『待つ』を使って結果を出すという方法もあるようだ。

新しい価値観に触れたことで、茉莉花の気持ちが少し楽になる。

（雲嵐さんのことは、焦らずのんびりやってみよう）

今はよく知る以外のことができなくてもいい。

雲嵐が友人に引きずられそうになったときに、自分の声が届くような関係になっていることを目指せばいいのだ。

（そのためにも……少し計画を変更しないと）

異国の間諜を特定するための計画に、どうしても雲嵐を関わらせたい。

同じ目標に向かうというのは、親しくなるために必要なことなのだ。


茉莉花は仕事を終わらせたあと、珀陽の執務室を訪れた。

「雲嵐をこの計画に関わらせたい？」

珀陽は、雲嵐を計画に関わらせないことへ合意していたはずの茉莉花を、面白そうに眺める。

「……勿論、計画のすべてを把握できるようにはしません。ですが、大事なところを任せたいと思っています。こちらをご覧ください」

茉莉花は、修正済みの計画の一部を珀陽に見せる。

「雲嵐さんには、この役割を任せようと思っています」

「……雲嵐に、これを？」

「一番の適任は冬虎皇子殿下ですが、冬虎皇子殿下には楽師をお願いするつもりです。なので、この役は天河さんにお願いしようと考えていたんですが……」

面倒な役なので、大虎の他に引き受けてくれそうなのは天河ぐらいしか思い浮かばなかった。翔景に頼むという案もあったけれど、翔景にはまた別の大事な役目を任せているので、これ以上の負担はかけられない。

「いや、これを天河にさせるのは……。たしかに雲嵐の方がまだ……ね。計画の全貌を知らないまま部分的に協力させるだけなら問題ないか」

珀陽は「天河には絶対に無理だろうね……」と別の方向から納得してくれた。

「こういうとき、皇帝という身分が煩わしくなるよ」

「えっ？」

「私がこの役をやろうと言いたくなったんだ。でも皇帝だからできない。皇帝だから茉莉花を助けることができているというのは、わかっているんだけれどね」

茉莉花は珀陽の反応に驚いてしまう。

雲嵐を関わらせることへ反対されると思っていたのに、「そこ？」と言いたくなるようなことをくちにしたのだ。

「まぁ、演技というのはわかっているけれど……」

珀陽はにこりと笑う。

「白楼国の文官である皓茉莉花は、叉羅国の司祭であるラーナシュ・ヴァルマ・アルディティナ・ノルカウスに想いをよせられている。不用意なことをしたら、彼がここまできて面倒なことになる。演技だとしても、あまり過激なことはしないように」

「あ……はい！」

茉莉花はかつて自分でつくった設定を思い返した。

断れない見合い話がくる前に、ラーナシュに協力してもらって、皓茉莉花に婚約者ができたら面倒なことになるという印象を皆へ与えたのだ。

「手を握るぐらいまでにしてもらいます……！」

茉莉花は、蓮舟と打ち合わせをしなければならないことの一覧に、恋愛描写の制限をつけ加えた。

「それから……」

珀陽はほんの少しだけ迷いを見せたあと、茉莉花に小さな願いを託す。

「雲嵐のことを頼むよ」

茉莉花は、珀陽が「雲嵐に気をつけて」と言うかどうかを迷い、結局は『頼む』という形にしたのを察した。

(身内を疑いたい人なんていない)

けれども珀陽は皇帝だ。国を守るためなら身内も疑わなければならない。

皇帝だからしかたないことだろうけれど、それで終わりにしたくはなかった。

「陛下……」

茉莉花は自分の袖のしわを直すような動きを珀陽に見せる。

これは珀陽と茉莉花の二人だけに通じる合図だ。

そして、今から話すことは皇帝と文官としてのものではなく、個人と個人としてのものだという意味がある。

「家族を疑うのも、仲間を疑うのも、それはとてもつらいことです。しかたないことではありません」

珀陽は、皇帝として正しい決断を絶対にするし、後悔する姿も見せない。

だからせめて自分の前では……と願った。

「一人になったときやわたしの前では、申し訳ない気持ちになったり、正しいことを嫌だと思ったりしていいんです」

茉莉花の想いは、珀陽にきちんと伝わる。

「……ありがとう」

珀陽は耳に髪をかけながら礼を言った。

この仕草もまた、皇帝としての発言ではなくて個人としての発言だという意味がある。

茉莉花は拱手をして頭を下げたあと、この部屋を出ようとした。

「茉莉花」

足を止めて振り返れば、珀陽が優しく微笑んでいる。

「がんばって。この計画の成功は茉莉花のためになる」

茉莉花の胸がじわりと温かくなった。

珀陽の応援は、いつだって茉莉花に力を与えてくれる。今回もそうだ。

「はい。がんばります」

犯人の特定ができると断言できないまま、こんなにも大きな計画をつくっている。

──わたしは変わってきている。

そのことに不安はあるけれど、嬉しいという気持ちも少しずつ増えていた。

茉莉花が執務室から出ていったあと、珀陽はつい苦笑してしまう。

茉莉花が自分の前で、劇のためとはいえ恋の演技をすると言うから、少し意地悪をしたくなってしまった。

しかし、そんな気持ちはすぐに吹き飛ぶ。

──家族を疑うのも、仲間を疑うのも、それはとてもつらいことです。しかたないことではありません。

茉莉花の言葉は、いつだって珀陽の心に寄りそってくれる。

──皇帝になったんだから、それぐらい我慢しろ。

──他に信用できる人がいくらでもいるじゃないか。

──つらいのはお前だけじゃない。みんなだ。しかたないことだろう。

茉莉花はこれらの鬱陶しい正論の中から大空が見える外へ、いつも珀陽を連れ出してくれた。

「意地悪なんてできないよ」

こうなったら、茉莉花のやりたいことを素直に応援するしかない。

「本当は私だけを見てほしいんだけれどね」

茉莉花の瞳には様々な人が映っている。

それを自分だけにするというのはかなり難しい問題で、答えはどうしても出せなかった。

茉莉花と大虎は、とても穏やかな夜を過ごしていた。

大虎は自分の部屋で琵琶を弾き、その隣の部屋にいる茉莉花は素晴らしい音色を聞きながら読書を楽しむ。

この時間がいつまでも続いてほしいと思っていたけれど、事件は容赦なくやってきた。

「茉莉花さま、お客さまがきています」

「わたしに……ですか？」

部屋の中にいた茉莉花に、屋敷の使用人が声をかけてきた。

茉莉花は、こんな夜更けに誰がきたのだろうかと驚く。色々なことを考えながら扉を開けた。

「どなたですか？　陛下からの使者でしょうか？」

「御史台の詠蓮舟さまでございます」

「蓮舟さん!?　すぐに通してください！」

これは緊急事態だろう。茉莉花は着替えないまま部屋を出た。

そして、隣の部屋の大虎に声をかけ、もしかしたら月長城か御史台でなにかあったのかもしれないという話をする。

「蓮舟がわざわざくるってよほどのことがあったんじゃないかな……!?」

「わたしもそう思います！」

急いで応接室に向かえば、荷物を抱えた蓮舟が待っていた。

「蓮舟さん、どうしましたか⁉」

茉莉花はどんな事態になっているのだろうかと緊張する。

このようなときに備えて、蓮舟に屋敷の場所を教えておいて本当によかった。

「…………、……ください」

蓮舟はぼそぼそとなにかを言う。

「すみません。大きな声でもう一度言ってください」

茉莉花は上手く聞き取れなかったことを謝罪した。

すると、蓮舟は茉莉花を強くにらみつけてくる。

「ここに一晩泊めてくださいと言ったんです！」

茉莉花は、蓮舟の頼みにすぐ反応できなかった。

月長城で事件が発生したとか、御史台の誰かが襲われたとか、そういう話だと思いこんでいたのだ。

「……ええっと？」

茉莉花が首をかしげれば、蓮舟は苛立つ。

「貴女が僕を脅したせいですよ！」

「えっ⁉　わたしのせいですか⁉」

「そうです！　次に襲われるのは僕かもと言ったじゃないですか！　官舎にいるときも気をつけろと！」

茉莉花はたしかにそのようなことを言ったので、戸惑いながらも頷く。

「今日は同僚と護衛の武官と共に官舎へ帰って、自分の部屋に予備の鍵もかけた状態で過ごしていました。ですが、その……がたんと窓が揺れて……！」

蓮舟の必死の訴えに、大虎は「今日は風が強いもんね」とぼそっと答えた。

しかし、蓮舟にその声は届かなかったようだ。蓮舟は身体をぶるりと震わせたあと、茉莉花に詰めよる。

「普段なら気にしなくてもいいことを気にするようになったのは貴女のせいです！　これでは執筆に集中できません！」

「ええっ⁉　あっ、はい？　そうですね……？」

「だから一晩泊めてください！」

茉莉花は、ようやく蓮舟になにがあったのかを理解し始めた。

どうやら蓮舟は、昼間は気にしなかった『次に襲われるのは自分かもしれない』という言葉を、夜になったら気になってきたらしい。

いつもならなにも思わないはずの小さな物音にびっくりして、怖くなって、ついにはここまで走ってきたようだ。

「ここはわたしの屋敷ではないので……ちょっとお待ちくださいね！」

茉莉花は大虎を連れて廊下に出る。

「大虎さん、すみません！　蓮舟さんを泊めても大丈夫ですか？」

「いいよ～。みんなでお泊まり会って楽しいよね」

「ありがとうございます……！　使用人の方々に準備をお願いしてください……！」

家主の許可を得た茉莉花は、応接室に戻った。

「蓮舟さん、泊まっても大丈夫です。客室の準備をお願いしていますので、ここで少しお待ちくださいね」

「……助かります」

蓮舟は荷物を抱く腕に力をこめながら、茉莉花に頭を下げる。

「いえいえ、わたしの方こそ……ええっと、怖がらせてすみません」

「怖がっていません！」

「そうでした！　執筆に集中できないんでしたよね！」

茉莉花は慌てて自分の発言を訂正し、蓮舟を励ます。

「執筆、がんばってくださいね。大虎さんの琵琶の音色があれば、きっと外の物音も気にならないと思います」

「……封大虎の琵琶ですか。それはいいんですけれど、あの人も物音が気になって駆けこんできたんですか？」

「えっと、大虎さんは……」

茉莉花はどう答えようか迷った。皇子であることを話してもいいのだろうか。

返事に困っていると応接室の扉が開き、大虎がひょいと顔を出してくる。

「僕は陛下の持ち家であるこの屋敷の管理人だよ～」

「ああ、なるほど。そうだったんですね」

御史台に所属しているのは、科挙試験を通ってきた官吏だけではない。身内の権力で官吏にしてもらった者たちもいる。

蓮舟は、大虎のことを身内に権力者がいるお坊ちゃんだと思っていたので、大虎の管理人発言にもすぐ納得した。そして、名ばかりの管理人だろうということも、すぐに察する。

「封大虎が茉莉花さんの恋人で、陛下に用意していただいた避難先に連れこんでいたと言われたら、どう反応したらいいのかわからなかったのでよかったです」

蓮舟はほっとしたと言う。

それにぎょっとしたのは、茉莉花だけではない。

「ない！　本当にない！　考えなしの発言はやめて！　危ないよ！」

大虎の必死の訴えに、蓮舟はその通りだと頷いた。

「そうですね。妙な誤解をしそうになってすみません」

蓮舟はすぐに謝ってくる。

大虎はうんうんと頷きながら、心の中で「そんな誤解をしたら兄上に殺されるから気をつけて……！」と蓮舟に叫んだ。


翌日、大虎は蓮舟を屋敷に泊めたことや、本人が望むのならもうしばらく泊めるという話を、珀陽にしに行くと言った。

蓮舟は「別にそこまでしなくても……」と気まずそうにする。

「執筆に集中できる環境は必要ですよ！」

茉莉花が泊まるべきだと主張したら、蓮舟の気分は少し上向いたらしい。

「……たしかにそうですね。執筆環境を整えることも文人には必要ですから」

これはしかたないと頷く蓮舟に、大虎は無邪気な質問をした。

「聞き忘れていたんだけれど、蓮舟って詩歌を趣味にしてるの？」

大虎の前でうっかり小説の話をしてしまった茉莉花と蓮舟は、慌てながらその通りだと話を合わせる。

蓮舟と茉莉花は、大虎に怪しまれないように詩歌の話をしつつ月長城へ向かっていたのだけれど、途中で雲嵐に会った。

「おはようございます、雲嵐さん」

「おはよう。……詠蓮舟もいるのか？」

蓮舟は官舎住まいのはずなのに、と不思議そうにする雲嵐へ、茉莉花は昨夜の出来事を説明する。

「実は昨日、蓮舟さんが官舎の部屋で物音を聞きまして……」

しかし、その話の続きは蓮舟に奪われた。

「念のために封大虎が管理人をしている安全な屋敷へ避難しました。茉莉花さんから緊急避難先として勧められ、場所を教えてもらっていましたからね。なにかあってからでは遅いですから」

蓮舟は「怖くなったから」というところを伏せて説明する。

「そうだったのか。……なら、あ……いや」

雲嵐は言葉を止め、苦笑する。

「俺の屋敷にきてもよかったのにと思ったんだが、詠蓮舟に家の場所を教えたことがなかったな」

雲嵐は、蓮舟から頼られなかった理由に途中で気づいた。振り返ってみれば、そもそも御史大夫以外に屋敷の場所を教えたことがないし、きてもいいと言ったことはない。

唯一の例外は大虎だ。なぜか屋敷の場所を知っていて、茉莉花を連れて勝手にきたことが一度だけあった。

（普通は家の場所も教えないような相手に頼ろうとはしない）

雲嵐は、なにかが起きる前に声をかけることができた茉莉花をじっと見る。

自分は今、なにか大事なことを理解したような気がした。

「雲嵐さんも気軽にきてくださいね。大虎さんが出歩かないようにしているので、今なら素敵な琵琶が聴けますよ」

「……そうだな」

雲嵐は茉莉花の誘いを断らなかった。

茉莉花はそのことにほっとする。もしかすると雲嵐と大虎は元々それなりに仲がよかったのかもしれないと思った。

「昨日さ、新しい暗号文が配られたでしょ。解き方が理解できたような理解できていないような……」

「絶対に落とさないでくださいよ。あと絶対に理解してくださいね」

皆で新しく配布された暗号文の話をしつつ、月長城へ入る。

御史台の部屋の前で、大虎と雲嵐は「またあとで」と言った。

「雲嵐さん！」

茉莉花は雲嵐を引き止め、抱えているものの中からとあるものを渡す。

「今はじっとしなければならない時間が多いでしょうから、よかったらこれをどうぞ。州漣先生の新作の一話なんです」

「……州漣先生？」

雲嵐にとって、『州漣』は聞いたことのない名だったらしい。

茉莉花は驚きつつも、州漣の説明をした。

「州漣先生は大人気の作家です。これは皆さんより一足早くこっそり手に入れたものなので、まだ誰とも感想を言い合えていなくて……。よかったら読んで、感想を聞かせてください」

「わかった」

雲嵐は、題名すら書いていない薄い冊子を受け取る。

渡されたときは特になにも思わなかったけれど、すぐにとてもありがたい気遣いだと茉莉花へ感謝することになった。

左腕を怪我している雲嵐は、今は右手だけでどうにかなる書類仕事へ専念することにした。

ときどき、大虎が仕事の邪魔をしにきて、茉莉花は茶をもってきてくれる。おかげさまで無理はできなかったし、月の宮で出される茶が美味いと思える初めての経験もできた。

「……やることがないな」

雲嵐は、昨日と今日の昼までは溜まっている書類仕事をしていればよかった。しかし、足を使う調査をよくしていたこともあって、処理する書類がなくなってしまえば、どうしても時間を持て余してしまう。

(皆が大変な中、俺だけ余計なことをして周りに迷惑かけている)

湛楊宏が殺されたあと、禁軍による犯人捜しが始まった。

そのとき雲嵐は、ふと自分の友人のことを思い出してしまった。友人が湛楊宏と同じ反皇后派の組織に所属しているのではないかと心配し、焦ってしまったのだ。

――友人が証拠隠滅できるように、時間稼ぎをしなくては。

雲嵐は友人を庇うために、蓮舟に疑いの眼を向けさせようとする。

ほんの少しだけでも蓮舟が疑われてくれたら……というあまりにも軽い気持ちで、湛楊宏の手紙を蓮舟の荷物に捩じこんだ。

しかし、どうやら湛楊宏殺人事件の犯人も同じことを考えていたらしい。雲嵐と犯人のせいで、蓮舟は長い間、禁軍営に拘束されることになった。

（……途中で風向きが変わってくれてよかった）

調査が進めば進むほど、蓮舟は巻きこまれただけだと誰の眼にも明らかになった。やっと解放された。

雲嵐は、蓮舟に申し訳ないことをしてしまったと悔やむ。

少しでもその罪滅ぼしをしたくて、蓮舟の部屋の片付けを手伝った。帰り道であとをつけられていることがわかったときには、自分が危険な目に遭うべきだと思い、襲われることにした。けれども、自分の甘い判断によって襲撃者を逃してしまったのだ。

「──無様だな」

雲嵐は怪我をした左腕を右手でさする。

こんなことになるのなら、いっそなにもしなかった方がよかったかもしれない。

（俺はやはり蓮舟に謝るべきではないか？　……いや、駄目だ）

「どうしてそんなことを？」と訊かれたら、雲嵐は答えられないだろう。

答えられなければ探られる。その結果、非合法活動に関わっている友人に捜査の手が及ぶかもしれない。

（俺はどうしたらいいんだ……！）

雲嵐は悩んだ。しかし、答えは出せない。ただひたすらこうやって無駄な時間を過ごすだけだ。

「…………」

雲嵐は首を振る。今はもうなにも考えたくない。なんでもいいから、考えなくてもよくなることをしようと思った。

「まさか冬虎のように暇つぶしをするようになるとは……」

雲嵐は、茉莉花に渡された小説を読むことにする。

帰りは本屋に寄って、暇つぶし用の書物を数冊買おう。

「……文官の話か」

主人公は楊光という名前の文官だ。

彼は政の主流派に属することができず、才能があっても活躍する機会に恵まれなかった。それでも真面目に、いつか報われることを信じて働いていた。

あるとき、年下の上司に失敗の責任を押しつけられ、皆の前で叱責されて悔しさにくちびるを噛みしめていたら、女性胥吏が声をかけてくる。

——大丈夫ですか？

荷花という名の美しい女性は、傷ついた楊光を唯一気遣ってくれた。

楊光と荷花は、このことをきっかけに急接近する。

しかし、荷花は異国の間諜で、楊光を騙さなければならなかったのだ……。

「……ふむ」

雲嵐は手元にある分を読み終えたあと、そわそわしてしまった。この続きがどうなるのか気になってしまったのだ。

話の流れはとてもわかりやすかった。だからこそ、楊光の苦しみについ感情移入してしまった。努力しても報われない境遇がよく似ているということもあるだろう。

恋の相手になるだろう荷花は心優しい人間だった。彼女は弟のためにどうしてもこの諜報任務を成功させないといけないようだ。

このあと、二人の恋はどうなるのだろうか。楊光は荷花の秘密に気づくのだろうか。

「…………」

雲嵐は茉莉花の気持ちがわかってしまった。これは誰かと感想を言い合いたい。一話と言っていたから、二話もあるだろうし、貸してもらえないかをあとで聞いてみよう。

「とりあえず……」

あまりにも暇なので、茉莉花に貸してもらったこの一話を写すことにした。

二話を読んだとき、きっと一話を読み返したくなるはずだ。

（そうか。写すのも暇つぶしになる。皓茉莉花は気遣いが上手い）

雲嵐は怪我している同僚を見かけたとき、代わりに荷物をもったり運んでやったりするだろう。けれどもそれだけだ。

こうやって時間をもてあますことを予想し、暇つぶしになるものをさり気なく差し入れるようなことはしない。

（改めて礼を言わないとな）

写しをつくった雲嵐は、原本の冊子をすぐ茉莉花へ返すことにした。きっと、貸したい人が他にもいるはずだ。

「……よし」

雲嵐は立ち上がる。茉莉花が外出している可能性もあるので、書き置きも念のために用意しておいた。

もしも茉莉花が仕事部屋にいたら少し話をしたい……と思いながら御史台の仕事部屋に向かって歩いていたら、あと少しというところで妙な違和感を覚えた。どうしてだろうかと考えたあと、違和感の正体が『聞き慣れない音』だと気づく。

（珀陽の声……？）

皇帝『珀陽』が月の宮の端にある御史台の仕事部屋にきているようだ。おそらく、御史大夫に用があったのだろう。

近づいていけば、珀陽と御史台の官吏たちの笑い声がはっきり聞こえてきた。ああやって誰にでも気さくに話しかけてくれる珀陽は、若手の官吏にとても人気がある。

（御史台は皇帝直属の機関だ。不安要素をもつ者は絶対に配属されない。ここでなら皇帝が官吏と談笑しても問題ないだろうが……）

雲嵐を夜道で襲った者たちは、まだ捕まっていない。

もしも皇族に恨みがある者の仕業だとしたら、珀陽も危険だ。今は不用意に官吏たちへ近づくべきではない。

「陛下になにか言いたいことでもあるの？」

雲嵐が御史台の仕事部屋から出てきた珀陽を離れたところでじっと見ていたら、うしろから声をかけられた。

「大虎……」

「引き止めようか？」

大虎が手を挙げて「陛下〜！」と呼びそうになったので、雲嵐は慌てる。

「そんなことはしなくていい。余計なお世話を考えたが、必要なかったと考え直していたところだ」

「余計なお世話？」

雲嵐はため息をついたあと、『余計なお世話』をくちにする。

「こんなときだから気をつけろ、と……」

言われなくてもわかっていることを、わざわざ伝える必要はない。

雲嵐はそう思ったけれど、大虎は明るい声を出した。

「言えばいいのに」

「……俺に言われなくても陛下はきちんと気をつけているだろう」

「僕だったら、わざわざ言ってもらえたら心配してくれてるんだな〜って嬉しくなるよ」

大虎の気持ちは雲嵐にも理解できる。親しい人間に心配されたら誰だって嬉しい。

「向こうは皇帝陛下で、俺はただの武官。そういう関係だ」

どうでもいい相手に心配されたって、どうでもいいだろう。

雲嵐は大虎からの「そうだね」という返事を待っていたのだけれど、大虎はなぜか苦笑していた。

「そういう関係にしているのは雲嵐の方だと思うなぁ。兄上は僕の身分とか官位とか気にしていないよ」

珀陽は、皇子として認められているかどうかわからない大虎を可愛がっている。大虎の言う通り、珀陽は身分も官位もどうでもいい人だ。

「……お前は陛下の兄弟だが、俺は違う。名ばかりの兄弟であるどうでもいい相手から今さら心配されたって不愉快だろう」

「どうでもいい相手なら、不愉快にならないよ。ふーんで終わって、『ああ、気にされていたんだな』ってなるだけだって」

雲嵐はそうだろうかと思いながら、改めて珀陽を見てみる。

珀陽はどこからどう見ても善人である大虎と違い、底が知れない相手だ。

（昔からそうだった。俺がどうにかしてやる必要はないやつだった。それに、珀陽に声をかけるやつはいくらでもいた）

だから関わってこなかった。それだけだ。なのに……。

——でも、と迷う自分がいる。

もしかして、自分から話しかければなにかが変わっていたのかもしれない。

雲嵐は借りていた小説を茉莉花へ返しに行った。

けれども茉莉花は離席中だったので、雲嵐は書き置きを添えてすぐに立ち去る。

「……本屋に寄ってから帰ろう」

ぼんやりしたくない気分が続いていた。仕事ができないのなら、別のなにかに集中したい。

（たしか本屋は……）

あまり足を運んだことがないので、この道だったはずと曖昧な記憶を頼りに向かっていたら、友人の姿が見えた。

「雲嵐じゃないか！」

武官の友人はぱっと駆けよってきて、まずは雲嵐の腕を見る。

「刺されたって話は聞いたぜ。大丈夫なのか？」

「大したことはない。動かさなければもう痛くないしな」

「そうか。ならよかった」

　雲嵐は、ふとくだらないことを考えてしまった。

（こいつとここで出会ったのは偶然だろうか）

　刺された話を聞いて心配していたのなら、昨日のうちに家まできてもよかったはずだ。

　ただ心配したのではなく、誰かになにかを言われ、偶然を装って城下町で声をかけたのでは……という馬鹿げた想像をしてしまう。

「そんな腕だと仕事に集中できないよな。どうだ？　飲みに行かないか？」

　友人の誘いに、雲嵐は苦笑する。

「御史台が騒がしいときに、俺だけ情けない怪我をしているんだ。なにかあったときに備えて、せめて酔わずに待機しておくべきだろう」

「相変わらず真面目だなぁ。なら、怪我が治ったら飲もうぜ」

　またな、と友人は言って立ち去る。

　雲嵐は息を静かに吐いた。

（お前だって真面目だっただろう）

　友人は今日読んだ小説の官吏のように、反皇后派の一族出身でも、真面目にやっていればいつか報われることを信じていた。

しかし、彼は現実という壁を越えられなくて、少しずつ仕事への情熱を失っている。

(俺もいつか……)

今は真面目だと評価されているけれど、そのうち給金をもらうだけの情けない男になるのだろうか。

そんなことを考えながら歩いていたら、家が見えてきた。

(しまった。本屋に寄ろうとしていたのに……)

今更ではあるけれど、念のために周りを警戒しておく。角のところで一度足を止め、待ち伏せされていないかを確かめてから動き出した。

角を曲がればもう家だけれど、家の前に珍しく複数の人物が立っている。

「雲嵐さん！」

茉莉花と大虎と蓮舟と護衛の武官がいた。

慌てて駆け出そうとしたら、大虎が手を振って止めてくる。

「ゆっくりでいいよ〜！」

どうやら急ぎの用事ではないらしい。

なぜ茉莉花たちがいるのだろうかと不思議に思いつつ、早歩きで向かった。

「お疲れさまです。雲嵐さんに渡したいものがあって……」

「はい、これ！」

大虎は、布に包まれたものを雲嵐に差し出してくる。

「あ、けっこう重いから、家の人に運んでもらって」

「……その前に、これはなんだ？」

雲嵐が茉莉花の顔を見て問えば、茉莉花はにこりと笑った。

「小説に添えられていた書き置きに『とてもよかった』と書いてあったので、天命奇航という大人気小説も貸し出したくなったんです。雲嵐さんにお貸ししていた州漣先生の大人気の小説なんですよ」

本屋に行こうとしたけれどうっかり忘れてしまった雲嵐は、茉莉花の気遣いに感動した。

「ありがとう、助かる。一気に借りてしまってもいいのか？」

「それは第一章だけなんです。今は第三章までありますので、続きが読みたくなったらいつでも声をかけてください」

「長い小説なんだな」

これがあれば夜に退屈しなくてもよくなるだろう。ありがたいと思いながら包みを受け取る。

「今は夜遊びができないしお酒も飲めないから、退屈になるよね」

大虎の言葉に、雲嵐はわずかに眼を見開いた。

いつも適当に仕事をしている大虎でさえも今がどういうときなのかをきちんとわかっていることに驚いたのだ。

（あいつは……飲みに行こうと俺を誘ったのに……）

雲嵐の足下がぐらついた。

自分が信じてきたものを信じていいのか、わからなくなってきたのだ。

「暇だったら気軽に遊びにきて〜」

じゃあね、と大虎が言う。

雲嵐はそれに答えることなく、皆の背中をじっと見送った。


「できた！」

蓮舟は大虎の屋敷に泊めてもらうようになってから、夜な夜な命を削って新作を執筆していた。

そして、ついに新作の小説を書き終えた。これはかなりの傑作になったという自信がある。早く皆に読んでもらいたい。

「蓮舟さん、お疲れさまです！」

物語を完結させた余韻(よいん)に浸(ひた)っていた蓮舟は、茉莉花(まつりか)の声で我に返る。

「な、なんでここにいるんですか⁉」

「少し前からいました。お茶をもってきましたと声をかけたら、蓮舟さんが扉を開けてくれたんですが……」

「……そう、でしたっけ？」

蓮舟は執筆に集中しすぎて、その辺りの記憶が曖昧だった。なんとなく、そんなことをしたような気がする。

「いよいよ州漣先生の新作公開ですね。がんばって皆さんに広めます！」

「そんなことをしなくても、これは自然に広まりますよ。最高の出来です。翔景(しょうけい)さんとの合同執筆ですからね」

ふふんと蓮舟は鼻を鳴らす。

「あの、翔景さんはたしかにとある場面の資料をつくってくれましたが、執筆はしていないような……」

「いいえ！　これは合同執筆です！」

蓮舟は自信満々に言いきった。

茉莉花は訂正を諦め、蓮舟の卓の片付けを手伝う。

（作戦は次の段階に入った）

茉莉花たちは月長城を巻きこんだ大きな罠をしかけた。
それは湛楊宏殺人事件の犯人だけがひっかかる小さな罠でもあった。

第三章

大人気作家である州漣の新作『罪の告白』が発表された。

茉莉花たちは、この作品が執筆された理由も一緒に広めていく。

「え？　罪の告白って本屋に行けば買えるんじゃないのか？」

「新作は売り物じゃないんだよ。それがさぁ……」

商工会と劇団の間で、天命奇航を雑劇にするという話がもち上がった。けれども、州漣は小説家であって、脚本家ではない。そのため、小説を雑劇にすることへの不安を感じてしまった。

州漣はものは試しにと、雑劇のための短めの脚本を書くことにした。それでまずは脚本の元になる小説を執筆し、城下町の商工会長に冒頭部分を渡して、皆に試し読みしてほしいと頼んだのだ。

新作の冒頭部分……第一話は、商工会長から月長城の官吏に渡された。

第一話を読んだ官吏はあまりの面白さに感動し、友人に貸した。

その友人は写しをつくり、また別の人に貸した。

それを繰り返した結果、今は貸す順番で喧嘩になるほどである。

「続きが気になる～！」

「天命奇航と話が繋がっているんだって!?　それに雑劇にもなるって本当か!?」

「違うよ、天命奇航を雑劇にするって話が浮上したから、試しに脚本を書いてみただけだって。だから罪の告白は最後まで書くのかわからないらしい」

州漣の新作『罪の告白』が、あちこちで話題になっている。

まだ読んでいない者は早く読ませてくれと呻き、読んだ者は興奮しながら感想を語り合っていた。

「州漣先生の新作、とても話題になっていますね」

昼休みの終わり、茉莉花が蓮舟に声をかければ、蓮舟は一瞬にやりと笑ってから慌てて自分の頬を叩く。

「ちょっと眠かったので気合を入れてみました！」

「はい。第二話が楽しみです」

茉莉花の計画通り、蓮舟の書いた新作は月長城内で大好評だった。

（人は、手に入らないものへ夢中になってしまう）

茉莉花は、新作『罪の告白』の写しの数をわざと制限している。

そして、大体の人が読み終えたころを見計らい、第二話を発表するつもりだ。

そこからはあまり間を置かず、気になるところで区切りながら、第三話と第四話を発表していきたい。

「そういえば、雲嵐さんが天命奇航を読み始めたそうです。面白くてうっかり徹夜してしまったと話していましたよ」

「へぇ、そうですか。まぁ、天命奇航はたしかに面白いですからね」

あの真面目な雲嵐が寝るのを忘れるほど夢中になってくれたことに、蓮舟はとても満足した。

茉莉花はそんな蓮舟を見ながら、今のところはすべて計画通りになっていることに感動する。

（蓮舟さんの小説はすごい……！　不確定要素だったのに、確定要素みたいに大人気になってくれている……！　あとは雲嵐さんの協力だけだわ）

これから雲嵐には、天命奇航と罪の告白にしっかりのめりこんでもらわなければならない。そのための後押しも用意してある。

（今夜は雲嵐さんをお誘いして、みんなでの夕食会にしよう）

蓮舟が泊めてくれと言い出したことは想定外だったけれど、折角なので蓮舟のお泊まりもこの計画へ組みこむことにした。

「……蓮舟さん。次の段階に移りますね」

茉莉花は蓮舟に小声でそう告げたあと、昼休みから戻ってきた同僚たちに声をかける。

「州連先生の新作の第二話が商工会長から届きました。読みたい方はいますか？」

「えっ⁉　はい！　はいはい！」

「読みたいです！」

「第二話だ！　お願いします！」

御史台の仕事部屋は、いつもは黙々と仕事が進められていて静かだけれど、珍しく騒がしくなる。

茉莉花は手を挙げた順番に回してくださいねと言い、第二話の冊子を渡した。


御史台の仕事部屋は、新作の第二話を誰から読むかという話で盛り上がっていた。そして、その話は大虎から雲嵐にも伝わる。

「僕は争奪戦に乗り遅れたから、早くて明日になっちゃってさ〜。雲嵐も読みたかったら茉莉花さんに頼むといいよ。今なら数日待ちでどうにかなるだろうし」

「そうか」

雲嵐のところへ菓子をもちこんで勝手に休憩をとる大虎に、雲嵐は淡々と返事をした。

しかし実のところ、第二話の情報は雲嵐にとってとてもありがたかった。今日の帰り、茉莉花を捕まえて貸してほしいと頼もう。

「雲嵐もこういう流行りの話題に参加するんだね。意外だったよ～。興味ないで終わらせるかと思ってた」

「……」

雲嵐はなにも言えなかった。怪我をするというきっかけがなければ、小説の短編を貸そうかと尋ねられてもたしかに断っていただろう。

「流行りの話題に乗ってくれた方が、みんな話しかけやすくなっていいと思うな」

「……俺はそんなに話しかけにくいか？」

雲嵐の疑問に、大虎は素直に頷いた。

「そもそも元皇子さまだしね」

「ふむ……」

雲嵐は同僚と親しくなりたいわけではないけれど、そこまで皆に気を遣わせたいわけでもない。

（……相談や雑談で簡単に判明することはたしかにある。俺も茉莉花を見習わなければならないな）

茉莉花は御史台に異動したばかりだ。それなのに、御史台にもう馴染んでいて、誰もが気軽に話しかけにいっている。

茉莉花の穏やかで優しい雰囲気は、仕事の直接の助けにはならなくても、なんでも気軽に言い出せる空気づくりに繋がっているはずだ。

「失礼します。御史大夫から確認済みの書類を預かってきました」

雲嵐と大虎が雑談を楽しんでいたら、茉莉花が訪ねてきた。

茉莉花はいつもこうやって雑用をさっと引き受け、すぐにすませてくれる。

その手際のよさに、雲嵐はいつも感心していた。

「雲嵐さん。よかったら今晩、夕食をご一緒しませんか？　新作短編の感想や天命奇航の感想をぜひ聞かせてほしいんです」

そして、茉莉花はついでに『雑談』をしていく。

それらは自然とできてしまうことなのか、努力によってできるようになったことなのかはわからないけれど、雲嵐は自分も見習っていこうと思っていた。

「ああ、ぜひ」

「本当ですか⁉　では、帰る支度が終わったら迎えにきます」

茉莉花はまたあとでと言って部屋から出ていく。

雲嵐は手元に戻ってきた書類を見た。しかし、書き直すところはなにもない。やることがないとため息をついてしまう。

「訂正がなにも入っていない書類なんてあるんだ！」

なぜか大虎がうわぁと言い出した。

真面目な雲嵐は、暇つぶしになりそうなものを発見して喜ぶ。今から隣にある大虎の仕事部屋に押しかけ、大虎の書類づくりを手伝おう。


大虎の屋敷で開かれた夕食会に、御史台の四人が集まっていた。

「今はお酒での乾杯は控えた方がいいので、お茶で乾杯しましょう」

「かんぱーい！」

全員が御史台所属なので、仕事の話をしても問題はない。楽しい夕食会というよりも、楽しい情報交換会になっていた。

「ねぇ！　折角の機会なんだから、仕事からもう少し離れよう！」

大虎の訴えに、茉莉花はそうだったと反省する。

「州漣先生の第二話を読んだ方はいますか？」

茉莉花が流行りの話題をくちに出せば、蓮舟だけが手を挙げた。

「蓮舟も罪の告白を読んでいたのか」

雲嵐が意外だと言えば、蓮舟は慌て出す。

「州漣先生の新作を読んでいない文官なんていませんよ！　ねぇ、茉莉花さん！」

「はい。わたしの同期たちもみんな楽しく読んでいます」

「そんなに人気だったのか……。禁軍にいたときに天命奇航の話を聞かなかったから、そこまで流行っていることを知らなかった」

蓮舟は雲嵐のおかげで、天命奇航の弱点を知った。

天命奇航の主人公は文官だ。文官であれば感情移入しながら読めるだろうけれど、武官はそうもいかない。

次は主人公に武官の友だちをつくって活躍させなければ……と、これからの展開について考えていく。

「主人公は文官だが、国をよくしたいという気持ちは文官も武官も同じだ。そこに熱中してしまった」

雲嵐は、きっかけさえあれば武官も楽しめる作品だと断言する。

「挫折しながらも、絶対に諦めないところがいいですよね」

「最初の試験で、上手くできたと思っていたのに評価されなかったところとかな。そのあとの展開が熱かった」

雲嵐と茉莉花は、第一章のよさを語り合う。

茉莉花は太学へ行ったことがない雲嵐と大虎に、あの話で出てくる店は城下町にあるとか、こういう行事が実際にあったとか、丁寧に解説した。

「天命奇航の作者って、絶対に元官吏か今も官吏だよね」

なにも知らない大虎は、真実に一歩近づく。

「わたしもそう思います」

「じゃあ、月長城に今もいるかもしれないんだ。会ってみたいなぁ」

蓮舟はおそらく『州漣は誰なのか』という会話に慣れているのだろう。州漣の正体について茉莉花たちが盛り上がっていても、平然と茶を飲んでいた。

「あとで太学の学生が夢中になっていた追加規則ありの馬弔をみんなでやってみようよ！」

「いいですね。ちょうど四人でできますし。雲嵐さんも参加しますよね？」

「ああ」

食事のあと、茉莉花は紙に模様を描いて紙牌をつくる。

それから簡単に馬弔と呼ばれる遊戯の説明を改めてした。

馬弔はまず四十枚の紙牌を混ぜ、四人に八枚ずつ配る。

四人は手元にある八枚でどのような組み合わせをつくるかを考える。

組み合わせによって得られる得点が違うし、つくりやすい組み合わせというものがあるので、運と判断力で勝負することになる。

何回か遊んだあと、最終的に最も多くの点数を稼いだ者が勝者だ。

これは白楼国内で皆に親しまれている遊びだけれど、太学では独特の規則が付け加えられていて、代々受け継がれていた。

「えっ⁉　茉莉花さん、強くない⁉　太学で鍛えてた⁉」

「そんなことないですよ」

「僕が……最下位だなんて……！」

「癖のある追加規則だな。慣れるまで大変だ」

　太学独特の追加規則の中に、最下位になるとその気持ちを表す詩歌をつくらなければならないというものがある。

　最下位になった蓮舟は「こんなことありえない！」と言いながら紙に向かい、筆を動かしていた。

「太学の学生って勉強ばかりしていると思ってたんだけれど、遊ぶこともあるんだね」

　蓮舟の詩歌を待つ間、大虎は笑いながらそんなことを言う。

「優秀な方は勉強も遊びも楽しんでいましたよ。わたしはあまり優秀ではなかったので、勉強ばかりしていましたが……」

「ええっ⁉　茉莉花さんって科挙試験を二番目の成績で合格してたよね⁉」

　茉莉花は、太学にいたころの自分を思い返した。

　すると、まだあれから一年も経っていないのに、『懐かしい』になっていることに気づく。

「太学の初めての試験では、試験を受けにこなかった人を除けば最下位だったんです」

「そうだったの⁉」

「そうなのか⁉」

これには大虎だけではなく、雲嵐も珍しく大きな声で驚いた。蓮舟も筆を止めてこちらを見ている。

「まさか……そこから這い上がってきたんですか⁉」

蓮舟が眼を見開きながら、そんなことがありえるのかと呟いた。

「あのときに、知識があるだけでは駄目だと思い知らされました。もう太学を辞めたいと本気で思いましたね」

「うわぁ……。僕なら絶対に辞めるけれど、茉莉花さんは辞めなかった……んだよね？」

大虎の言葉に、茉莉花は笑う。

「わたしは恵まれていたんです。励ましてくれる方がいて、家庭教師を引き受けてくださる方もいましたから。そこで学ぶ楽しさを知り、がんばれました」

「……恵まれていた、か」

雲嵐は茉莉花を見て眩しそうに眼を細めた。

励ましてくれる人がいる。家庭教師がいる。

たったそれだけのことなのに恵まれていると茉莉花が言えるのは、ずっと苦労してきた

からだろう。

「蓮舟さん、詩歌は完成しましたか？」

「しましたよ！　笑わないでくださいね！」

蓮舟は完成した詩歌を披露する。

茉莉花は詩歌を得意としていないので、すぐにつくれる時点で尊敬の対象だった。

「ただつくっただけなので……時間があればもっと……！」

「いや、最下位になった絶望がよく伝わってくるいい詩歌だ」

雲嵐は大真面目に感想を言う。

それを大虎は笑い、蓮舟が怒る。

蓮舟は他の遊びなら絶対に勝てると言い出し、また別のもので対戦することになり、四人での夜を楽しんだ。

「では、そろそろ失礼する」

「遅くまでありがとうございました」

怪我人の雲嵐は、大虎の屋敷の警備をしている者が送っていってくれることになった。

茉莉花は玄関で別れの挨拶をしたあと、小さな包みを雲嵐に渡す。

「わたしのお気に入りの茶葉です。この間、おいしかったと言ってくださったので、お裾分けしますね」

「……感謝する」

月の宮で出される茶というのは、茶葉に湯をかければいいと思っている者によって入れられているので、高級な茶葉を使っているのに苦かったり渋かったりする。

雲嵐は、眼が覚めてちょうどいいと割り切っていたけれど、茉莉花が入れてくれた茶はとてもおいしかったので感動していたのだ。

「今夜はとても楽しかったです。太学ではあまりこういう遊びをしてこなかったので……。あのときできなかったことが今やっとできて、本当に嬉しかったです」

雲嵐からしたら、茉莉花はなんでもできる人間に見えていた。

しかし、こうやって過去の話を聞くと、普通の人間が色々なものを犠牲にしながら努力して得たものだとわかる。

「俺の方こそ……」

雲嵐はいつも誘われる側だった。けれども、次こそは誘う側になりたいと思う。

「俺の怪我が治り、襲撃事件も解決したら、なにか礼をさせてくれ。今回、とても世話になった。本当に助けられた」

まさか御史台の同僚と友だちのように遊ぶ日がくるなんて思わなかった。そして、とても楽しかった。

(友なんてものはもうできないと思っていたが……)

案外、友は傍にいるものなのかもしれない。それに気づいて、手を伸ばせるかどうかは、自分次第だ。

「大したことはしていないのですが、そう言ってくださると嬉しいです」

最近、雲嵐は悩むことが多かった。けれども、茉莉花たちといるときは悩まなくてすんでいる。茉莉花たちともっと交流を深めていきたいと自然に思えた。

「あっ、そうです！　よかったら州漣先生の新作の第二話をもっていってください。もう一つ写しをつくれたので……」

「本当か⁉　感謝する！」

嬉しそうに受け取る雲嵐に、茉莉花はにこりと笑いかける。

「実は……商工会長を通して、作者の州漣先生からとあるお願いをされているところなんです」

「お願い？」

「州漣先生は小説を書き終えたあと、小説を脚本に直す予定なのですが、脚本が出来上がったらどのような劇になるのかを見てみたいそうです。実際に演じてもらえたら、どのぐらいの分量の脚本にすべきなのかとか、適切な台詞の長さとか間とか、色々なことを学べるから……と」

茉莉花は、雲嵐へ静かに恩を売り続けていた。

雲嵐は真面目な人なので、茉莉花の思った通りに「なにか礼をしたい」とついに言い出してくれた。早速、今ここで『お願い』をするつもりである。

「劇団を使ってとか、そういう大きなものにする気は先生にもないんです。若い人を三人ほど集めて、衣装はそのままで、脚本をもったままでいいから、実際にちょっと演じてほしいという話でした。わたしはその準備を頼まれたんです」

こういう曖昧な言い方をされたら、誰だって誤解する。

茉莉花のために雑用をするだとか、荷物運びをするだとか、なんなら出歩くときの護衛になるだとか、そういう話だろうと雲嵐は決めつけてしまった。

「協力していただけませんか？」

「俺にできることがあればなんでも言ってくれ」

茉莉花のお願いに、雲嵐は表情を少し和らげた。そして、恩返しのつもりで気軽に引き受けてしまう。

「本当ですか!?　ありがとうございます！」

茉莉花は笑顔をつくった。

同時に、箱入り息子である雲嵐を心配してしまう。

（詳しい話を聞く前に頷くなんて危険すぎるわ。今回はわたしにとってとてもありがたいけれど……。この一件が終わったら、雲嵐さんにきちんと世の中の厳しさを教えないと）

そう、この世界は厳しい。

恩返しをしたいと気軽に言い出してしまったことを後悔する日が、必ずくるのである。


州漣先生の新作『罪の告白』が発表された。

それは月長城内で回し読みされ、読んだ者は感想を語り合った。

いよいよ次は、この小説を脚本にして実際に演じるという段階に入る。

茉莉花は、大虎の屋敷で作戦会議を開いた。

「州漣先生の希望で、新作『罪の告白』の試演会をすることになりました」

茉莉花はまず、役割分担を記した紙を大虎と蓮舟と雲嵐に渡す。

「お客さんは入れません。どのぐらいの分量の脚本を書けばどのぐらいの長さの劇になるのか、小説と劇では見せ場が変わるのか、そういうことの確認です」

だから気軽にやりましょう、と茉莉花は微笑む。

「衣装も小道具も用意しません。台本をもったままでも大丈夫です。試演会の場所はこの屋敷の一番広い部屋を借りるつもりです。大虎さん、お願いできますか？」

「勿論！　面白そう！」

「ありがとうございます。あと、音楽担当もお願いしてもいいですか？」

「任せて！」

大虎は自分にもできることがあって嬉しいと言ってくれる。

「蓮舟さんは、友人役や上司役といった脇役の兼任をお願いします」

「……わかりました。泊めてもらった恩がありますからね」

蓮舟はこの計画に参加する理由を、雲嵐にわざと聞かせた。理由がないまま茉莉花に協力するのは、さすがに不自然だからである。

「雲嵐さんは、主人公の楊光役をお願いします。わたしは荷花を演じますね。この四人で州漣先生のためにがんばりましょう！」

茉莉花がぐっと拳をつくれば、大虎だけが反応してくれた。

「お～！」

蓮舟は「なんで僕が……」と嫌そうにため息をつき、雲嵐は眼を見開き……。

「待ってくれ！　俺が楊光役だと……!?」

「はい。昨日、協力すると言ってくださって本当に助かりました」

茉莉花は雲嵐に輝く笑顔を見せる。

（雲嵐さん……！　次からは恩返しをする前に、詳しい話をきちんと聞いて、条件をつけて、それから了承するようにしてくださいね……！）

この先、雲嵐の善意を利用しようとする人間はいくらでも出てくるだろう。今のうちにそのことを学べる機会があって、本当によかった。

「たしかに俺は協力すると言ったが、これはいくらなんでも無理だ……！　俺は劇に出たことがない！」

動揺する雲嵐に、茉莉花はわかりますと同意した。

「わたしも劇に出たことはありません。一緒にがんばりましょう！」

「……っ、いや、しかし！」

「立ったまま台詞を言えばいいんです。州漣先生のお願いを叶えるためです！」

雲嵐は、無理だとは言ったけれど、嫌だとは言わなかった。

茉莉花は、押しきるのなら今しかないと覚悟を決める。

「蓮舟さん！　州漣先生は協力してくださる官吏の方に州漣先生の署名入り天命奇航を贈りたいと言っていましたよね!?」

茉莉花から突然話を振られた蓮舟は慌てる。

蓮舟は大真面目に「そうなのか？」と驚いている雲嵐と、「説得するため必要なのでお願いします！」という視線を向けてくる茉莉花を交互に見たあと、叫びたくなってしまった。

――この稀代の悪女め!!

蓮舟は「なぜ僕がこんなことを！」と言いたいけれど、言ってしまったら自分の正体が明らかになるので我慢する。

「……言って、いました……ね」

「ほら！　雲嵐さん！　一緒にがんばりましょう！　こんな機会は二度とないですよ！　お願いします！」

雲嵐は、たしかにそんな機会はもうないだろうと思った。茉莉花の説得によって気持ちがどんどんぐらついていく。

「だが……」

「大丈夫だよ。お客さんを入れるわけじゃないし、台詞を言い間違えても問題ないんだからさ。気楽にやろうよ」

面白そうの一言で引き受けてくれた大虎も、雲嵐の説得を手伝ってくれた。

雲嵐は迷った。それはもう迷った。

劇は観るものだ。演じるものではない。

――だが、茉莉花に恩返しをすると言ったのは自分だ。

情けない姿を見せることになったとしても、茉莉花のために精いっぱいやるべきではないだろうか。

「……迷惑をかけると思うが、それでもいいのならやろう」

「無理なお願いを聞いてくださってありがとうございます！」

茉莉花は喜びの声を上げる。

それを見ていた蓮舟は、「お願いにしては強引すぎでは……？」と思ってしまった。


若き皇帝『珀陽』は、年若い官吏へ気さくに声をかけている。

勿論、月長城で話題になっている州漣の新作『罪の告白』のことも知っていて、従者に頼んで連載されている小説を取り寄せ、楽しんでいた。

「礼部尚書は罪の告白を読んでいるかい？」

ある日、珀陽は礼部尚書の報告を聞いたあと、『罪の告白』の話を始める。

「いえ、私は……。部下たちが話題にしているのは知っています」

礼部尚書は天命奇航も罪の告白も読んでいなかったけれど、自分の部下たちが夢中になっていることだけは知っていた。

「今度、罪の告白の試演会を内々にするらしいよ」

「内々……ですか？」

「作家が脚本を書くことに挑戦しているらしく、大きな作品をつくる前に短編で脚本づくりの練習をしたいとか。そのお試しの短編が罪の告白だそうだ」

珀陽はわざと礼部尚書の前で試演会の話をした。

礼部は行事や外交を担当している。月長城内で宴や音楽会を開きたいと思ったら、礼部がそれを仕切ることになっているのだ。

「内々の試演会だとわかってはいるけれど、私も観てみたいな」

珀陽は穏やかに礼部尚書へ『お願い』をする。

礼部尚書はにこにこと笑いながら、これは好機だと叫びたくなった。

（陛下のお願いを叶えれば、陛下に使える官吏だと思われる……！）

次の宰相はこの私だ！　と礼部尚書は気合を入れる。

「陛下もご覧になれるよう、手配しておきます」

「頼んだよ」

礼部尚書は皇帝の執務室を出たあと、周りが驚くほど素早く歩き、礼部の仕事部屋に入った。それから礼部の若手官吏に声をかける。

「ねぇねぇ！　君たちに頼みがあるんだけれど！」

礼部尚書が突然現れて、急いでいますという顔になっている。

誰もがやっかいな事態になったことを悟り、こういうときに便利屋として使われていた晧茉莉花が異動したことを残念に思った。

「話題になっている罪の告白を読んだ人はいる？」

礼部尚書の質問に、若手官吏たちはうっかり正直に答えてしまう。

「読んでます！」

「第三話まで読みました！」

「俺は第二話までです！　順番待ち中です！」

礼部尚書はうんうんと笑顔で頷く。まずは情報を集めるところからと思っていたけれど、簡単に集まりそうだった。

「それが劇になるって聞いたけれど……」

礼部尚書の言葉に、一人が「そうです！」と答える。

「今、新作は第四話まで公開されているんです。でも作者の州漣先生は、脚本の書き方がわかってきたとかで、小説版は第四話で終わりになるらしいんですよ」

「え⁉　そうなの⁉」

「州漣先生は、脚本が完成したらどんな劇になるのかを確かめてみたいと商工会長に頼んで、商工会長が茉莉花さんに相談して、茉莉花さんたちが内々で州漣先生の前で演じることになったと聞きました」

礼部尚書は、どういう経緯で『内々に試演会をする』になったのかようやく理解した。

そして、珀陽が観たいと言い出したことも理解できた。連載されていた小説が途中で終わってしまったら、誰だって続きを知りたくなるだろう。

（これは使えるぞ！）

礼部尚書は『晧茉莉花』の名前に、にやりと笑う。

晧茉莉花は少し前まで礼部にいた。とても優秀な官吏だったけれど御史台へ異動することになったので、礼部尚書は御史大夫に『なにかあったら晧茉莉花を礼部に貸し出す』という誓約書を書かせたのだ。

どうやら、それを使う機会が生まれたらしい。

「君たち、ありがとう」

礼部尚書は礼部の仕事部屋を出た。次の行き先は御史台の仕事部屋である。

「……慎重に動かないと」

礼部尚書は周りをきょろきょろと見た。

これは自分だけの手柄にしてしまいたい。他の尚書や御史大夫に知られて「共同でやりましょう」と言われるわけにはいかないのだ。

月長城内に潜んでいる異国の間諜は、胥吏の仕事をしながら、官吏の噂話を静かに集めている。

噂好きの者たちと仲よくなれた今は、大体のことが翌日までに耳へ入ってくるようになっていた。

勿論、大人気作家である州漣の新作のことは知っていたし、皆と盛り上がるために自分も順番待ちに参加して連載を追っている。

——これはどういうことだ？

間諜は公開された第四話を読んだあと、しばらく動けなかった。

不安になって思わず周りを見たあと、はっとする。今のは不審な動きで、してはならないものだった。

（落ち着け、落ち着け……！）

間諜はもう一度、第四話を読んでみることにする。

罪の告白は、第一話の時点では主人公である楊光と間諜である荷花との悲しい恋物語だと思われていた。

しかし、第二話で楊光の秘密が明らかになる。彼は反体制派に属していたのだ。

楊光は腐敗した政への怒りから反体制派になっただけで、国を異国に売りたいわけではない。異国の間諜である荷花と手を組む未来はなかった。

そして、第三話は衝撃的な展開になった。楊光がついに荷花の秘密を知ってしまったのだ。

——愛する人と国、楊光はどちらを取るのか。

皆ははらはらしながら第四話を読み――……驚いてしまった。

楊光は荷花を殺す決意をして、使われていない部屋に呼び出した。そして、縄で荷花の首を絞めようとしたのだ。

しかし、荷花は反撃した。卓に置いてあった硯を摑み、それで楊光を殴ったのだ。

頭を殴られた楊光は意識を失った。荷花は同じ場所を何度も力いっぱい殴り、楊光をついに殺してしまったのだ。

……ここまでは、間諜も少しどきっとしただけだった。

自分が湛楊宏にしたこととよく似ているけれど、荷花の正体はいつか楊光に明かされることや、それで楊光と揉める展開になることはわかりきっていた。

そして、国への忠誠を優先した楊光が荷花を殺そうとすることも、想像の範囲内である。

(楊宏と楊光……名前は似ているが、別に特別な名前でもないしな)

異国の間諜はそのまま読み進め……――驚いた。

荷花は殺してしまった楊光を、城の外に運び出していた。

その様子は臨場感あふれる文章で書かれていて、誰もが荷花になった気持ちで読んでしまうだろう。

荷花は見回りの兵士に見つからないように、慎重に、そして急いで楊光の遺体を移動させていた。

（……俺が使った経路とまったく同じだ！）

ここまでくると、偶然の一致だと言いきれなくなる。

楊光と楊宏。異国の間諜と自分。

改めて考えてみると、すべての要素が似ていた。

湛楊宏は反皇后派……つまりは反体制派だ。そして、楊光と同じように間諜に利用されていた。

さらにはこちらの秘密に気づいてしまい、使われていない部屋に呼び出して縄で首を絞めようとしたところも同じである。

（作者の州漣は、官吏か元官吏だと聞いたことがある……）

州漣はなにかを知っているのだろうか。まさか、楊宏からこちらのことを聞いていて、復讐しようとしているのだろうか。

（どうする⁉　もしもこちらの正体を知られていたのなら……！）

急いで城下町にいる仲間へこのことを知らせ、逃げるべきだろう。

捕まった場合、厳しい尋問を受けることになる。母国を裏切る約束をしなければ、絶対に処刑されるはずだ。

「おっ、第四話か？　主人公が死ぬなんて思わなかったよな。すごい展開だ！」

間諜が今後のことを必死に考えていたら、同僚に声をかけられた。慌てていつも通りの笑顔をつくる。

「最後のところ、手に汗をかいた！　このあと荷花は逃げきれるのかな？」

「題名が『罪の告白』だし、逃げきれるとは思えないなぁ。第四話で題名に深い意味がある気がしてきた！　さすがは州漣先生！」

間諜が読み終わったばかりで興奮しているという演技をしたら、同僚は興奮した様子で感想をあれこれと言ってくれた。

（『罪の告白』……か。これは誰の罪で、誰の告白なんだ？）

まずは州漣のことを調べなくてはならないようだ。

作者の正体や、どうしてこの物語を書いたのか。

そして……できるだけ早く第五話を手に入れなければならない。

「なぁ、第五話ってもう出回っているのか？」

「そう！　それがさぁ！」

その言葉を待っていました！　と同僚は更に興奮する。

「小説版は第四話で終了らしくてさ！　続きを読めるのはごく一部らしいぜ」

「……小説版？」

間諜は同僚から色々なことを聞き出した。

――州漣は第五話から直接脚本を書くことにしたので、小説版の続きはおそらく出ない。

──州漣は、この話を誰かに演じてほしいと商工会長に頼んだ。

──商工会長は、知り合いの官吏に協力を依頼した。

罪の告白の今後の展開について、間諜はおおよそのことをわかってきた。

しかし、最も大事な『作家の州漣は誰なのか』というところは、州漣の作品の愛読者である同僚も知らなかった。

「続きを知りたかったら、脚本を見ることができた官吏に教えてもらうしかないのか」

「そうそう。でも、御史台の官吏たちで試演会をするらしいから、教えてもらえるのかなぁ。州漣先生が結末を秘密にしてくれって頼んだら、それを必ず守るだろうし」

間諜は同僚と話しながら、焦りを感じてしまう。

（商工会長から州漣についての情報を得ようとするのなら、一年はかかるだろうな）

間諜の仕事は、その場に溶けこんで周りに気づかれないよう情報を集めることだ。この集めた情報を使って人脈を広げ、さらに情報を集め、重要な情報を手に入れることを最終目標にしている。

間諜は月長城で情報集めをしていたので、城下町の商人から情報を得る手段が今のところほとんどない。

（脚本は御史台にありそうだな。一度侵入したから警備が厳しくなっているはずだが、やるしかない。早く脚本を手に入れて内容を確認しないと）

侵入してなにかを盗み見るというのは、とても危険な行為だ。これまで積み重ねてきたものをすべて失うかもしれない。

しかし、今回ばかりは小説の続きを今すぐ確認しなければならなかった。


茉莉花は元上司と現上司に挟まれていた。

元上司と現上司はずっとにらみ合っていて、どちらも引く気はなさそうだ。

「構図だけは女の取り合いなんだけれどな」

「中身はただの手柄の取り合いなんだよなぁ」

御史台の官吏たちは、茉莉花を見て「気の毒に……」という同情の視線を向けた。

しかし、助ける気はない。どちらかの味方をしたら、もう一人ににらまれる。そして、どちらにもいい顔をしたら、どちらにも恨まれるのである。

「これは陛下から礼部に任された仕事だからねぇ」

「いやいや、茉莉花くんも雲嵐くんも蓮舟くんも大虎くんも、みーんな御史台の官吏だ。御史台がこの案件を引き受けるから、礼部はただ協力をするだけでいい」

「元々は茉莉花くんが個人的に準備していた善意の試演会だ。御史台は関係ないよ」

「なんだとぉ⁉　試演会の責任者は御史大夫であるこの私だ！」

「礼部尚書の私に決まっているだろう！」

そもそも罪の告白の試演会は本当に内々のもので、見せ物にできるようなものではない。それが皇帝からのお願い『私も観たいなぁ』によって、茉莉花たちの個人的な試演会から皇帝陛下の個人的な試演会に格上げされてしまった。

今回ばかりは、皇帝から頼まれたという礼部尚書の方が優位だと思われたけれど……。

「礼部が引かないのなら、こちらにも考えがある」

御史大夫は拳に力をこめ、にやりと笑う。

「茉莉花くんと雲嵐くんと蓮舟くんの仕事を倍にして、御史台の仕事以外なにもできないようにしてやるからな！」

「なっ⁉　なんという極悪非道なことを……！」

茉莉花は蓮舟をちらりと見た。

すると、蓮舟は眼で「早くどうにかしてくださいよ。禁色の小物を与えられた文官なら、このぐらいのことは簡単に解決できるでしょう？」と言ってくる。

茉莉花も笑顔を見せることで「先輩にお任せしますね。わたしは勉強させてもらいます」という返事をしておいた。

「大体、この誓約書の存在を忘れたのか⁉　茉莉花くんを礼部に返せ！」

「異動はくじで公平に決まったことだ！　自分の運の悪さを恨むんだな！」

礼部尚書と御史大夫の子どものような言い争いは続いた。

最終的に、礼部と御史台の共同で試演会の準備をすることが決まり、茉莉花はほっとする。

「陛下がご覧になるのなら、警備上の問題も色々ありますし、月長城で披露した方がいいですよね？」

茉莉花が蓮舟に意見を求めれば、蓮舟は頷いた。

「禁軍にも協力を要請すべきです。その辺りは礼部に一任した方がいいでしょう」

蓮舟の言葉に、礼部尚書はにこにこと笑った。

「そこは礼部に全部任せていいからね！　陛下の御前で披露することになったんだから、君たちはいいものをつくり上げてよ！　練習場所も用意しておくね！」

このとき、上役同士の揉めごとに関わりたくないという顔をしていた雲嵐が、ついに大事なことに気づく。

「……陛下の御前で披露⁉」

雲嵐は驚いた。そして、助けを求めるかのように茉莉花を見る。

「他のお客さまは入れないように頼みますから、そう緊張しなくてもいいですよ」

元々は、州漣先生の前で演じるだけという話だった。それがいつの間にかとんでもない規模の話になっている。

雲嵐は、自分にそんなことができるのだろうかと頭を抱えた。

（陛下には事前に『素人の演劇なので、ひどいものになりますが笑わずにご覧ください』と話してある。それに、これは陛下の前で素晴らしいものを演じることが目的ではない）

――『陛下の前で罪の告白の試演会が行われる』という情報が、月長城内に流れる。

茉莉花の目的はそこにあるのだ。

「茉莉花くん！　仕事が終わったあと、御史台の仕事部屋を使って練習してもいいからね！　礼部に練習用の場所を用意してもらう必要はないよ！　君たちは御史台の官吏なんだから！」

「ありがとうございます」

茉莉花は、理解ある上司に笑顔で礼を言っておいた。

――罪の告白が劇になる。劇を見ることができたら、小説版ではわからなかった題名の意味もきっとわかるだろう。でも、ただの官吏は陛下のための試演会に招待されるわけがない。

月長城で働く者たちは、観劇することは無理でも、せめて一部の者だけがもっている

『罪の告白の脚本』をどうにかして読みたいと思っていた。

「……君、もち場はここじゃないだろう」

御史台の仕事部屋は、三省六部の仕事部屋から離れたところにある。

そのため御史台以外の人間は、用がなければそこに近づく機会はない。けれども、御史台に罪の告白の脚本が置いてあるかもしれないという噂が流れてから、部外者が御史台の仕事部屋の近くをうろうろするようになった。

茉莉花はすぐに見回りの兵士を増やしてもらった。今のところは、近づいてきた者を注意するだけでどうにかなっている。

「州漣先生の愛読者の中には過激な人もいると思います。気をつけてくださいね」

茉莉花は雲嵐の左腕を見た。

雲嵐は思わず右手で左腕をさすってしまう。

「無理やり脚本を奪おうとする者もいるかもしれないのか」

雲嵐の左腕はもう包帯を巻いているだけになっていた。それでもできるだけ動かさないようにしているので、完治はしていないのだろう。

「三人の武官に襲われたら逃げるしかないな」

「さすがにそこまでは……ええっと、ある……かもしれませんね」

天命奇航の人気は元々とても高い。

そこに、天命奇航と同じ世界観の新作が連載方式で発表されたことで、天命奇航が改めて話題になり、まだ読んでいなかった人も読むようになっていた。

今は武官の間でも、天命奇航がとても流行っているらしい。

「御史大夫は仕事部屋を使って練習してもいいと言ってくれましたが、部外者に侵入されたことがある場所なので、やはり大虎さんの屋敷で練習しましょう」

「わかった。またあとで」

今日の分の仕事を終えた茉莉花は、蓮舟、大虎、雲嵐、本日の護衛である天河と廊下で待ち合わせをし、それから月長城を出ることにする。

「皆さん、脚本の扱(あつか)いには気をつけてくださいね。きちんともっていますか？」

茉莉花の確認に、大虎は元気よく答えた。

「勿論！　ほらここに……って、あ……」

大虎は荷物から勢いよく脚本を取り出す。

しかし、それには第四話という文字が書かれていた。

「小説版をもってきちゃった⁉　え⁉　もしかして、忘れてきた⁉」

「大変です！　みんなで取りに戻りましょう！」

念のために声をかけてよかった、と茉莉花は胸を押さえる。それから早足で御史台の仕事部屋の鍵を取りに行った。

「今日、大虎さんは御史台の仕事部屋にもきていました。わたしと蓮舟さんと雲嵐さんでそちらも念のために見てきますね。天河さんは大虎さんについていって、大虎さんの部屋を一緒に見てきてください。なにがあるかわかりませんから、どちらにも武官をつけておきましょう」

茉莉花たちは途中で二手に別れ、それぞれの目的地に急ぐ。

「これを。俺は入り口を見張っておく」

雲嵐は灯りを茉莉花に渡した。

茉莉花は灯りをもって御史台の仕事部屋の中に入ろうとしたのだけれど、雲嵐が突然茉莉花と蓮舟を止める。

「――誰かいる」

雲嵐の言葉に、茉莉花は驚きながらも黙って頷いた。

蓮舟は慌てて周りを確認する。他に人はいないようだ。

「……どうしますか？」

茉莉花ができるだけ小さな声で問えば、雲嵐は扉の左右を指差した。

そこに立てという指示なのは、茉莉花にも蓮舟にも伝わる。

「俺が叫んだら中を照らしてくれ。万が一のときは二人ともすぐに逃げろ。大虎の仕事部屋へ行って黎天河と合流するんだ」

「はい」

「わかりました」

雲嵐の小声での指示に、茉莉花と蓮舟も小声で答えた。

脚本を狙った物取りがいるだけなら、厳しく注意したらそれで終わる。

しかし、他の目的をもつ者がいるのなら、注意だけでは終わらないだろう。

（どうか、州漣先生の熱烈な愛読者でありますように……！）

茉莉花はもっている灯りを握り直す。

雲嵐が静かに息を吸い、懐に入れている小刀を取り出し、叫んだ。

「動くな!!」

茉莉花は指示された通り、灯りで部屋の中を照らす。

雲嵐はその灯りを頼りに部屋の中へ飛びこみ、侵入者を捕まえようとした。

部屋の中から大きな物音が聞こえてくる。それは続いている。どうやら揉み合いになっているようだ。

蓮舟は中で起きていることを確かめるために、急いで部屋の中に入った。

「茉莉花さんは中を照らし続けてください！」

「はい！」

部屋の中に入った蓮舟は眼を細める。灯りは蓮舟の背中側にあるので、自分の影が確認の邪魔をしてきた。

「ひっ！」

蓮舟はようやくはっきりしてきた眼の前の光景に、思わず悲鳴を上げる。

雲嵐が床に押さえつけられていた。押さえつけているのは黒い服を着た何者かだ。そして、侵入者は刃物を雲嵐の首に突きつけている。

「……あ、ああっ」

蓮舟は動揺し、声が上手く出せない。

茉莉花は、蓮舟の様子から最悪の事態になったことを察した。

（誰……!?　人がいないときを狙っていたから物取りなのは間違いない。でも、逃げ出さずに反撃してきた。敵意はあるかもしれない。下手に刺激しない方が……逃げた方がいい？　でも追いかけてくるかもしれないし、天河さんのところまで逃げきれなかったら、わたしたちが先に殺される可能性もある）

相手が誰なのかわからない。目的も読めない。

動けなくなった茉莉花は、手のひらに嫌な汗をかいた。

「……っ、おまえ……雲嵐殿を離せ！　すぐに人がくるぞ！」

蓮舟は声を震わせながらもとっさに嘘をつく。

すると、黒い服を着ている侵入者の意識が蓮舟に向いた。

(相手の動きが読めないなら、次の動きを誘導するしかない……！)

茉莉花が覚悟を決めたそのとき、雲嵐は侵入者の拘束から逃れようとした。

しかし、侵入者は雲嵐を押さえつける手に力をこめ、それを阻止する。

茉莉花はその間にできるだけ静かに動いた。

「──第三章、四巻の百七頁」

そして、蓮舟だけに聞こえるよう囁く。きっと蓮舟なら、これだけでも茉莉花の意図が伝わるはずだ。

「その手を離してください」

茉莉花は侵入者に向かって声を放つことで、侵入者の視線を自分に向けさせた。

この手の中には、火をつけた蝋燭がある。茉莉花は風よけの覆いをとり、小さな炎を男に見せた。

「そうしなければ、この部屋に火をつけます」

茉莉花は蝋燭を傾ける。その下には木製の棚があった。

静かだけれどとても恐ろしい宣言に、侵入者は戸惑う。

──もしもこの部屋に火をつけられたら、逃げ遅れた場合、共倒れになる。

侵入者はただの脅しだと思いたかったけれど、茉莉花の迷いのない瞳を見て迷いが生じてしまった。

——本当にやるわけがない。

——もし蝋燭の火が棚に落ちても、すぐにこの部屋が炎に包まれるわけではない。

——しかし、この脅しがただの時間稼ぎだとしたら、すぐに逃げるべきだ。

侵入者と茉莉花の静かなにらみ合いが続く。

「……」

しばらくしたあと、先にくちを開いたのは茉莉花だった。

「ただの脅しかどうかは、今から判断してください」

茉莉花は蝋燭を手離す。

蝋燭が棚の上に——……落ちる。

「っ⁉」

本気でやるなんて！　と侵入者は動揺し、雲嵐から手を離し、蓮舟を突き飛ばして部屋から飛び出した。

「追うな！」

雲嵐は茉莉花と蓮舟に警告してくれたけれど、茉莉花にも蓮舟にもそこまでの根性はない。

「蝋燭は!?」

蓮舟の確認と同時に、茉莉花は棚に落とした蝋燭を拾い上げる。

「大丈夫です。燃え移っていません」

「……はぁ、よかった」

蓮舟はその場に座りこんだ。

茉莉花も同じ気持ちだったけれど、雲嵐が立ち上がったので慌てて駆けよる。

「怪我はありませんか!?」

「大丈夫だ。……無茶をする」

雲嵐は、部屋に火をつけることを宣言した茉莉花にぞっとしていた。あれはいくらなんでも捨て身すぎる作戦だ。

「まずは人を……。いや、その前に大虎がきてくれたな」

遠くから「あったよ～」という大虎の呑気な声が聞こえてくる。

雲嵐は外に出て大虎と天河に手を挙げた。そして、ここでなにがあったのかを伝え、月長城内の見回りの強化を頼む。

天河は大虎に灯りを渡したあと、すぐに駆けていった。

「みんな大丈夫!?」

大虎の言葉に、茉莉花たちは頷く。

「侵入者は、武官の雲嵐さんを押さえこむことができました。同じ武官か、特別な訓練を受けた者か……」

茉莉花は答えを求めて雲嵐を見た。

しかし、雲嵐は首を横に振る。

「今のところ男だということしかわからない。逃げるときに足音を立てていたが、あの場合は急いで逃げることを優先するだろうしな」

雲嵐は、侵入者の正体を絞りこむのは難しいと告げた。

「侵入者の正体も目的もわからないままですね……。人のいない御史台の仕事部屋に侵入したのなら、ここにあるなにかを探していたはずです。すぐ逃げずに雲嵐殿を押さえこんだのは、脅して目的のものを得ようとしていたとも考えられるでしょう」

蓮舟はそう言いながら自分の腕をさする。心の中にじわりと広がっている不安をなだめようとしているのだろう。

「そっか。全員が無事でよかったよ」

大虎はほっとしたと胸をなで下ろした。

「御史台の部屋も……な。茉莉花、蝋燭の火ならすぐに燃え広がることはないだろうが、小さな火でも大きな火事になることはある。こういう脅し方は二度と……」

雲嵐が侵入者の撃退方法について茉莉花へ注意しようとしたら、蓮舟が珍しく茉莉花を庇（かば）った。

「濡（ぬ）れたところに蝋燭を落としたので、火事になることはありませんよ。でも、万が一はありますし、これしかないというとき以外は使わない方がいいですね」

「濡れたところ……？」

雲嵐がどういう意味だと首をかしげる。

蓮舟は、茉莉花の代わりに先ほどの行動を説明してくれた。

「天命奇航の第三章、四巻の百七頁。人質（ひとじち）を取られた主人公は、部屋へ火をつけるぞと言って暗殺者を脅します。主人公が本当に部屋へ火をつけたので、暗殺者は慌てて逃げ出したんですが、主人公はその前にこっそり花瓶（かびん）の水を使ってその辺りを濡らしていたんです」

雲嵐は、仕事部屋の扉のすぐ横にある棚を見た。

そこにはたしかに花瓶が置いてあって、棚の上はしっとりと濡れている。

侵入者の意識が蓮舟や雲嵐へ向いているときに、茉莉花がこっそり花瓶を倒（たお）して、棚の上を水で濡らしたのだろう。

「蓮舟さんなら『第三章、四巻の百七頁』と言うだけで、わたしのしようとしていることがわかると思いました。協力ありがとうございます」

茉莉花の作戦は、すぐ近くにいる蓮舟に騒がれて蝋燭を奪われてしまったら、意味がなくなる。

茉莉花はそうならないよう、事前にこういうことをするから黙って見ていてほしいと蓮舟に伝えたのだ。

「……それだけで意味が通じるのは僕ぐらいですからね」

蓮舟はふんと鼻を鳴らす。

「そうだったのか。二人とも、天命奇航をかなり読みこんでいるんだな」

二部にようやく入ったばかりの雲嵐は純粋に茉莉花と蓮舟を讃えたのだけれど、蓮舟は焦ってしまった。

「天命奇航は面白いのでつい読み返してしまいますよね！　ね！　茉莉花さん！」

「はい、その通りです」

雲嵐は二人のやりとりを見たあと、ふっと笑う。

「そうか。俺は天命奇航に助けられたのか」

人気作家の作品に触れ、こんなに面白い小説があるのかと感動したら、その作品に関わることになった。さらには助けられた。

雲嵐は『縁』というものの存在を、生まれて初めて信じたくなる。

「わたしも蓮舟さんの勇気に助けられました。あんなときなのに、人がくるという嘘をついて侵入者の気をそらすことができるなんてすごいです。ありがとうございます」

「ああ、俺からも礼を言わせてくれ。本当に感謝する」

蓮舟は照れたように顔をそらしつつ、小さな声で答える。

「同僚が襲われているんですよ。助けようとするのは当たり前のことです」

雲嵐は、蓮舟の言葉を聞いてわずかに眼を見開く。

(俺は……もっと反省すべきだ)

自分は友人を庇いたくて蓮舟に大きな迷惑をかけたことがあるのに、蓮舟は当たり前だと言って自分を助けてくれた。

あれはあまりにも愚かで自分勝手な罪深い行為だったと、改めて思い知る。

同僚たちにとっての『当たり前』は、とても素晴らしいものに思えた。


御史台の仕事部屋に何者かが侵入したという話は禁軍にすぐ伝えられ、見回りの兵士が増やされることになった。

茉莉花たちは複数の護衛をつけてもらったので、安心して帰ることができている。

「雲嵐さん、お疲れさまでした」

先に自宅へ送ってもらった雲嵐は、また明日と言って歩いて行く同僚たちを見送ったあと、屋敷の中に入った。

「お帰りなさいませ」

使用人は雲嵐の荷物を受け取り、恭しく頭を下げる。

「異常はなかったか？」

「はい」

「戸締りに気をつけろ。見回りの回数も増やせ」

御史台に侵入した男は顔を布で覆っていた。

顔を見たという理由で殺しにくることはないだろうけれど、念のために警戒しておいた方がいい。

「…………」

自分の部屋に入った雲嵐は、椅子に座って力を抜いた。

最後の最後で色々なことがあった日だった。考えなければならないことはいくらでもあるけれど、それは明日にした方がいいだろう。疲れているときは、簡単なこともわからなくなる。

(侵入者の目的とかな)

あのあと、茉莉花が部屋の中を確認してくれた。彼女の記憶力があれば、盗られたものがないかどうかはすぐにわかる。

——仕事の書類には手をつけていませんね。個人的な荷物……紙類を探っていたようです。丁寧に戻していますが、少しだけずれがありました。侵入者が州漣先生の新作の熱烈な愛読者で、脚本を探しにきていただけなら、困りましたねで終わる話ですが……。

（やはり脚本を……いや、今の段階ではなにも言えないな）

おそらく、侵入者は単独犯だろう。組織的な犯行なら、見つかる前に見張り役の仲間が警告を発していたはずだ。

「早々に逃げ出してくれたら、蓮舟も茉莉花も無茶をしなくてもよかったんだが……」

二人とも守られる側なのに、雲嵐を助けようとして勇敢（ゆうかん）に戦ってくれた。

そして、それを当たり前のことだと言いきった。

（俺はただの同僚でしかない。そこまでする価値があるのか？）

きっと二人は、価値がどうとかいうことを考えていないのだろう。

同僚が危険だったから助けた。ただそれだけだ。

「……俺は」

雲嵐は、非合法活動に関わっている友人との関係をだらだらと続けることよりも、友人を庇おうとして蓮舟に大きな迷惑をかけることよりも、他にすべきことがあったのではないだろうかと、今更（いまさら）気づいてしまう。

（本当に今更だ。今更だが……）

この先は蓮舟や茉莉花を見習って、身近にいる仲間をできる限り大事にしていきたい。

——武官としての自分は、力なき者を守らなければならない。個人としての自分は、当たり前のことができる人を大事にしなければならない。

「俺は大海に浮かぶ木の葉だが……」

この手がある限り、必死に水をかき続け、向かう先を選ぶこともできるはずだ。

（蓮舟、茉莉花、もう少しだけ俺に時間をくれ）

いつかはきちんとすべてのことを明らかにするという決意が、ようやくできた。

一人ひとりに迷惑をかけてしまったことへの謝罪をし、現実から眼をそらし続けてしまった罪と向き合っていこう。

次の日、雲嵐は茉莉花へ声をかけに行った。

「茶の入れ方を教えてくれないか？」

茉莉花にもらった茶葉を見せながら言うと、茉莉花は穏やかに微笑む。

「はい。わたしでよければ」

茉莉花は、茶葉によって入れ方が変わるという話をしてくれた。

この茶葉に合う爽（さわ）やかな香りが引き立つ入れ方を、丁寧に説明してくれる。

「わたしもそこまで詳しいわけではありません。闘茶（とうちゃ）で絶対に勝てるような舌もありません。ですが、教えてもらった通りに入れることはできます」

茉莉花の手つきに迷いはない。

それは茶を入れる才能があるからではなくて、教えられたことを毎回きちんと守り続けているからなのだろう。

「お茶は入れる前から楽しむものだと、最近ようやくわかってきました」

茉莉花は飲杯を用意しながら、そんなことを言う。

「自分の好みを考え、どの茶葉にしようかを迷う。どの茶器にするかを迷う。上手く入れられるか心配になりつつ、おいしくなることを祈る。一緒に飲む相手がいたら、相手の好みも考えるので、お茶を入れる楽しさは二倍になります」

雲嵐は出された茶をただ飲むだけだったけれど、茉莉花の言葉で茶への見方が変わった。

「では、雲嵐さんもやってみてください」

「わかった」

茉莉花に教えられた通り、雲嵐は茶葉を匙ですくって入れたり、湯を注いだり、飲杯を温めたりする。

手順を思い出しながら必死に手を動かしたけれど、それでもときどき茉莉花に「待ってください」と止められ、優しく指導された。

無事に茶を入れたあとは、飲みごろになっている茉莉花の茶を先に味わう。爽やかでほんのり甘みを感じる茶は、とてもおいしかった。

「では、雲嵐さんのお茶もいただきますね」

　雲嵐は自分の茶を飲んでみる。

　茉莉花と同じように入れたつもりだったのに、舌に苦味が残った。

「……苦い」

　練習あるのみだと思ったけれど、茉莉花はにこりと笑う。

「とてもおいしいですよ」

「いや、そんなはずは……」

　茉莉花は優しいからそんなことを言うだけだと思ったけれど、茉莉花は雲嵐に新たな見方を教えてくれた。

「誰かに入れてもらったお茶はおいしく感じられます。入れてくれた人の想いがこめられているから、心がそれを感じ取るんです」

「そう……なのか？」

「はい。自分で入れるようになるとわかりやすくなるかもしれませんね」

　雲嵐はもう一度、茉莉花に入れてもらったお手本の茶を飲んでみる。これをとてもおいしいと思うのは、舌だけでなくて心のおかげもあるらしい。

（いつか俺もわかるようになるんだろうか）

雲嵐は、茶の道は深い……と思った。


昨夜、御史台にまた侵入者が現れた。

雲嵐が取り押さえようとしたけれど、怪我をしていたせいもあって逃がしてしまった。

どうやらそのことで、皇帝『珀陽』が雲嵐に見舞いの言葉をわざわざかけにきたらしい。

雲嵐は御史大夫の部屋に呼ばれ、珀陽と引き合わされてしまった。

「昨夜は大変だったね」

珀陽の言葉に、雲嵐は丁寧に頭を下げる。

「お気遣いありがとうございます。侵入者を取り逃してしまい、申し訳ありませんでした」

「怪我をしていたんだからしかたないよ。怪我の具合は？」

珀陽の視線が雲嵐の左腕に向けられる。

雲嵐はそのことに少し驚いてしまった。

（怪我の場所を知っていたのか）

正直なところ、珀陽と雲嵐は仲のいい兄弟だとは言えない。だからといって、仲の悪い兄弟でもない。あくまでも皇帝と武官という関係でしかないだけだ。

「もう痛まなくなりました。訓練はまだ禁止されていますが、日常生活で困ることはありません」

「そう。ならよかった。あまり無理はしないように」

これまでの雲嵐だったら、珀陽なら異母兄を気遣うふりぐらいはするだろうと思うだけだった。けれども、今は違う。

（俺から踏み出すんだ）

当たり前のことが当たり前にできる茉莉花たちを見習うと決めた。

「……陛下」

雲嵐が自分から珀陽に声をかけたのは、これが初めてかもしれない。そのせいか、妙に緊張してしまった。

「時間があるのなら、このあとお茶でもいかがですか？」

珀陽に断られても、声をかけたという事実は残る。

雲嵐にとって、それが一番大事だ。

「なら頂こうかな」

ずっと存在しないものとして扱ってきた相手が、突然茶に誘ってきたら、普通は警戒するだろう。

忙しいからまた今度と言われるつもりでいた雲嵐は、珀陽の返事に驚いた。

どうしてこの誘いを受けてもらえたのかと不思議に思いながらも、珀陽と共に御史大夫の部屋から出る。

「……茶の準備をしてくれ。二人分だ。茶葉はある」

雲嵐は胥吏を捕まえ、準備を頼んだ。

それから自分の仕事部屋に珀陽を招いて……はっとする。

「殺風景な部屋で申し訳ありません」

ここ最近、大虎がよく遊びにきていたので、幸いにも椅子だけは二つあった。しかし、その椅子は硬く座り心地が悪いもので、皇帝を座らせるようなものではない。

(大虎の部屋を借りるか？)

ちらりと隣の部屋の方を見たら、珀陽は笑った。どうやら珀陽は隣の部屋に誰がいるのかを知っていたらしい。

「仕事部屋は本来こうあるべきだ。ここでかまわない」

卓と椅子と棚があるだけという部屋に、珀陽は理解を示す。そして、玉座だと言わんばかりに硬い椅子へ優雅に座った。

「失礼いたします」

茶の準備を頼んだ胥吏が緊張した様子で部屋に入ってくる。

雲嵐は胥吏から茶器を受け取り、礼を言った。

「助かった。もう下がっていい」

「え……？　茶を入れなくてもよろしいのですか？」

胥吏はこのあと、二人分の茶を入れるつもりでいた。もしかして皇帝付きの従者に頼むのかなと、部屋の隅で待機している珀陽の従者たちをちらりと見る。

「俺が入れる。あとで片付けにきてくれ」

「あ、はい……！」

胥吏はいいのかなと思いながら、おそるおそる部屋から出ていく。

「……ということらしいから、君たちも下がっていいよ」

そして、珀陽は従者に部屋から出ていくよう指示した。

従者はためらっていたけれど、結局は珀陽の命令通りに部屋から出ていく。ただし、扉は開けたままだ。

「俺は従者がいてもかまいません」

「おや、密談を希望していたのではなかったのかな？」

「……茶を共に飲むことが目的です」

雲嵐は茉莉花から教わった通りに手を動かす。

そのぎこちない手つきを、珀陽は黙って眺めていた。

「まずは毒見を」

雲嵐は自ら申し出て、先に茶を飲んだ。

茶葉の爽やかな香りと柔らかな甘さがきちんと出てくれている。

朝、茉莉花に教わったときよりも美味く感じる茶になっていたのでほっとした。

「どうぞ」

毒見をしても、珀陽は茶に手をつけないかもしれない。

雲嵐はそんなことも予想していたのだけれど、珀陽はためらうことなくくちをつける。

「……陛下はもう少し人を疑うべきだと思います」

余計なことだと思いつつも、雲嵐はつい忠告してしまった。

「茶に誘ってくれた異母兄を疑うことなんてできないよ」

「今までそんな誘いを一度もしなかった異母兄です。毒殺するために誘ったと考えるべきでしょう」

自分は大虎ではないのだと訴えれば、珀陽は笑った。

「それで、雲嵐は私を毒殺したいのかな？」

「……いいえ」

「だったらいいだろう。君にこんな趣味があったとは知らなかった。おいしい茶だ」

——誰かに入れてもらった茶は美味しい。心がその気持ちを受け止めるから。

茉莉花に教わったことが、雲嵐の心を温かくする。

「ご馳走さま。また誘ってくれ」

茶を飲んだ珀陽は、穏やかに微笑みながら立ち上がった。

雲嵐も立ち上がり、部屋の外まで見送りに行く。

(これでいい)

珀陽に話したいことがある。話さなければならないこともある。

今日は、いつかそれができるようになるための第一歩だ。

珀陽は雲嵐の変化に驚いていた。

珀陽にとっての雲嵐は異母兄で、真面目に仕事をしてくれる信用できる人物だ。でも、それだけでしかなかった。

(まさか、雲嵐から茶に誘ってくれるとはね)

雲嵐の友人は、非合法活動に関わっている。

その非合法活動は、いつでも簡単に潰せるようなささやかなものだ。

彼らは皇后派を非難しながら金と情報を集め、いざというときに備えているだけだった。

この『情報を集める』のために、見てはならない書類をこそこそと覗き見していたので、警戒対象にしていたのだ。

　雲嵐はこのささやかな非合法活動に関わる気は今のところないだろう。見て見ぬふりをしている。だから珀陽は、雲嵐を放置していたのだ。

（いつか雲嵐が友人を見限るか、雲嵐の友人が非合法活動に疲れて集まりから抜けるか。そういう穏やかな決着をつけたかったんだけれど……）

　待てば甘露の日和ありだ。珀陽は長い時間をかけてそこにもっていくつもりだった。

　――しかし、雲嵐に転機が訪れた。

　雲嵐は決して味方にならないと思っていたのに、向こうから歩みよりたいという意思表示をしてきた。

（茉莉花たちのおかげだね）

　御史台には、期待されている若手官吏が配属される。

　その若手官吏たちは、国を心から想い、真面目に仕事をしている。仕事終わりの時間になっても、そのまま仕事を続けるか、自分を磨くための勉強をするかのどちらかだ。非合法活動へ関わる時間にすることはない。

　もしも雲嵐に彼らと交流する機会が生まれたら、きっと彼らが眩しく映るはずだ。

　真面目な雲嵐は、友にこうであってほしかったと願うだろう。

（雲嵐を無理やり御史台に異動させてよかった）

珀陽は、思い通りの展開が早々にきてくれたことを喜ぶ。

このまま雲嵐を希望に満ちあふれている若手官吏の傍に置いておけば、雲嵐はいずれ若手官吏との未来を選ぶだろう。

いつの日か、雲嵐が友人を差し出そうとしたときに、「君と君の友人だけは助けよう」という優しい言葉をかけてやるつもりだ。雲嵐をこちらの味方にする日は近い。

「問題は……」

珀陽は考えていることをつい言葉にしてしまった。

従者たちがどうしたのかと見てくるので、なんでもないよと笑う。

(異国の間諜は、茉莉花がどうにかしてくれる。でも、雲嵐を襲った人物の目的はまだ見えない。……やはりどこかで個人的に恨まれたのかな?)

恨みというのは、待てば甘露の日和ありというわけにはいかない。

日が経てば経つほど、恨みがどんどん膨らむということもあるのだ。

第四章

月長城で働く者たちは、新たな噂で盛り上がっていた。

――州漣先生の新作『罪の告白』の劇が、陛下の御前で披露されるらしい。

元々は作者の州漣のための試演会だったけれど、その噂を聞いた皇帝が観てみたいと言い出して、月長城で試演会を行うことになったという話は、あっという間に広がった。

「うわぁ！　権力っていいよな～！」

「ってことは、礼部のやつらも観劇できるってこと!?」

礼部が試演会の準備を仕切るという話も、すぐに月長城内を駆け抜けた。

皆は礼部の文官たちをうらやましがったけれど、礼部の文官たちはなぜか皆と一緒に嘆いている。

「警備の都合もあって、陛下と一緒に観劇できるのは礼部尚書だけなんだよ」

「練習は御史台でやるから、練習も見られないんだ」

「州漣先生の希望で、お試しの脚本だから関係者以外には読ませないようにしてほしいんだって」

礼部の文官たちは、礼部尚書だけだなんてずるいと文句を言う。

勿論この話は、月長城に入りこんでいる異国の間諜にも届いていた。

――くそっ！　まさか見つかるなんて！

間諜はあの夜、御史台へ無事に侵入できたけれど、脚本を探している途中で御史台の連中が戻ってきてしまった。

その後、武官と揉み合いになってしまいながらもなんとか逃げることはできたけれど、それから御史台の警備が一気に厳しくなった。こっそり脚本を手に入れるのはもう無理だろう。

（でも、劇を盗み見ることならできるかもしれない。いや、見なくてもいい。声だけでも聞こえたら……！）

個人の屋敷で試演会をされたら、今の状態だと侵入するのは難しい。

しかし、試演会の場所が月長城になるのなら、すきができる。

警備兵の目的は『皇帝を守ること』だ。『劇を盗み見させない』ではない。

（まずは試演会の場所を調べよう。礼部に探りを入れてみるか）

月長城には皇帝のための宮廷楽団があるので、大きな舞台も少人数で楽しむための舞台もあった。そのうちのどれかが試演会で使われるはずだ。

（音が聞き取れるところまで接近できればいい）

御史台へ無理に侵入し、あるかどうかわからない脚本を探すよりも、こちらの方が楽で確実である。

今のうちに使われそうな舞台の周りをよく調べ、侵入経路と逃走経路を考えておこう。

雲嵐の怪我がよくなったので、茉莉花たちは本格的に劇の練習を始めることにした。

茉莉花は既にすべての台詞を覚えている。あとはどう演じるかだ。

——しかし……。

「お名前を聞いても？」

「楊光だ。君は？」

「わたしは荷花と申します」

「荷花……。良い名だな」

冒頭の出会いの部分をやってみたのだけれど、蓮舟からすぐに「待ってください！」と止められた。

「二人とも演技が下手すぎませんか⁉」

そして、茉莉花と雲嵐はあまりにも正直すぎる意見を真正面からぶつけられる。

「封大虎！　貴方もなんか言ってやってください！　これは酷いと正直に！」

「下手でもこれから上手くなればいいと思う！」

大虎の素直な励ましに、茉莉花も雲嵐もどんな気持ちになればいいのかわからなかった。

「完璧なのは封大虎の琵琶だけじゃないですか……」

「うわ、珍しく褒められた！」

「いいですか、貴方は音楽で可能な限りこの劇を盛り上げてください。肝心の二人があまりにも棒演技なので」

元々は脚本をもったまま台詞を読めばいいと言われていた雲嵐は、自分の台詞を覚えるだけで精いっぱいの段階だ。「演技とはなに……？」と混乱してしまう。

「……茉莉花」

「はい」

「もしかして、劇というのは、自分の台詞を覚えるだけでは駄目なのか……？」

雲嵐が妙なことを言い出したので、茉莉花は首をかしげてしまった。

茉莉花には、自分の台詞を覚えるという概念がない。一度読めばどの登場人物の台詞も覚えてしまうからである。

「あっ、そっか！　雲嵐は茉莉花さんの台詞も覚えておかないと、いつ自分の台詞を言えばいいのかわからないのか。……って、大変だ！」

大虎が納得し、こういうことだよねと皆に解説してくれる。

茉莉花は、普通は自分の台詞だけを覚えようとするものだと気づき、はっとした。

「そうですね！　結局は全員分の台詞を覚えないと……！」

雲嵐は「なんてことだ……」と頭を抱える。

「とりあえず今日は脚本を見ながらでもいいので、一話のところだけでもやってみましょう」

蓮舟がため息をつき、続きを要求する。

雲嵐は脚本を開き、次の場面の台詞を読み始めた。

「……随分と重たそうだ。俺が半分もとう」

「いえ、そんな……！　楊光さまにそのようなことはさせられません！」

「かまわない。……君も大変だな」

この場面は、荷花が重い荷物をわざと運ばされているところだ。それに気づいた楊光が、男性からの嫌がらせに耐えている荷花へ仲間意識をもつのである。

「……ちょっと一旦止めますね」

蓮舟は茉莉花たちの演技にため息をついた。

「茉莉花さん、小説版を読んでもらった通り、荷花は美人という設定です。重い荷物をもってくれる男なんていくらでもいました。ですが、主人公の楊光だけは『半分もつ』と言うんです。それは胥吏である荷花の仕事を尊重したからなんですよ。美しい女性だからではなくて、重たそうだからという理由で声をかけたから、荷花は楊光に惹(ひ)かれるんです」

「はい……！」

「雲嵐殿(どの)。貴方はもっと荷花に同情してください。言いたいことがあるけれど、それは全部胸にしまいこんでいる。貴方は視線で語るんです」

「……そ、そうか」

茉莉花と雲嵐は蓮舟の厳しい指導を受けたあと、続きを演じてみる。

しかし、作者の蓮舟にとって、満足できる演技ではなかった。

「茉莉花さん！　貴女(あなた)は恋(こい)をしているんです！　恋をしてください！」

蓮舟が一番気になったのはそこだ。

これは恋物語なので、恋の演技が一番重要である。

「貴女、恋をしたことはないんですか⁉　あっ、すみません。これは失礼な質問でしたね。それに、茉莉花さんの恋愛(れんあい)に興味がないので言い直します。貴女、恋している人を見たことはないんですか⁉」

「茉莉花さんは後宮にいたから、あまり見たことがないんじゃないかな～」

大虎がまあまあと間に入ってくれた。

蓮舟は、男性がいない後宮で働いていたらそういうこともあるか……と大虎の言葉に納得しかける。

しかし、茉莉花は驚くことを言い出した。

「勿論あります。後宮の女性のほとんどは陛下に恋をしていましたから」

珀陽によせられる恋心の種類は、それはもう様々だった。

献身的な恋から、打算的な恋、ただ楽しむための恋、もしかすると……という淡い気持ちまで、皆の恋の種類は違っていた。

「うわぁ！　陛下がうらやましい！」

「えぇっ⁉　陛下ってすごい！　あとでその話を詳しく聞かせてください！　書き留めておかないと……！」

蓮舟は紙と筆を取り出し、なにか書き始める。

茉莉花は、話がずれ始めたことに気づいたけれど、黙っておいた。

（恋の演技……）

茉莉花は恋をしたことがある。……いや、恋をしている。

いつからと尋ねられたら困ってしまうぐらい、静かに少しずつ育てた恋だ。

これは誰にも気づかれてはならない恋である。だからこそ、茉莉花が自分の恋を参考にした演技をしたら、『本当に誰にも気づかれない恋』になり、恋をしていないように見えてしまうのだ。

「恋していることをわかりやすく……やってみます。大虎さん、ちょっと見てもらえますか？」

　茉莉花は身近な例を思い出し、その真似をしてみる。なにかに夢中になっている蓮舟にはあとで確認してもらおう。

「いえ、そんな！　楊光さまにそのようなことはさせられません！」

　茉莉花が満面の笑みで嬉しそうに雲嵐を見上げるふりをしたら、大虎はう～んとうなった。

「恋をしているってわかりやすくなったけれど、なんかこう……十三歳の女の子が大好きな人に会えて嬉しいって感じになってる気がする」

　これではないと言われた茉莉花は、すぐに反省した。

「……荷花は十八歳の設定だから、幼すぎましたね」

　恋している人と言われてとっさに思いついたのは、隣国の皇后だ。しかし、彼女はまだ幼い。荷花の演技の参考にすべきではなかった。

　茉莉花はもう少し年齢を上げて……と他の具体例を探す。

「いえ、そんな……！　楊光さまにそのようなことはさせられません」

　茉莉花は楊光を見て申し訳なさそうな顔をしたあと、にこりと微笑んだ。

　こんな感じだろうかと大虎を見れば、大虎が首を横に振る。

「僕はそういうわかりやすく『可愛い～！』って女の子が好き！　でも荷花は違う気がす

るんだよねぇ。今のは、相手に荷物をもたせる気満々の『そのようなことはさせられません』だったからさ」

後宮のお妃さまが珀陽に手を貸してもらったときの表情や言い方を真似したのだけれど、どうやらこれも違ったらしい。

「えーっと、では次にいきます！」

それから茉莉花は『恋の演技』をいくつかやってみたけれど、大虎にどれも違うと言われてしまった。

「……茉莉花さんって」

「はい……」

「演技は上手いんだけれど、こう……。今までのって、全部誰かの真似だよね？　その誰かの顔が見えるぐらい上手いんだけれど！」

なにかが違う！　と大虎は叫ぶ。

茉莉花は、人生で一番困る修正指示『なにかが違う』に遭遇し、困った顔で雲嵐に助けを求めてしまった。

「……君は苦労しているんだな。……君は苦労しているんだな。大したことではありません。大したことではありません。大したことではありません。君は苦労しているんだな」

しかし、雲嵐は雲嵐で、台詞を覚えることに必死である。

「あの……蓮舟さん。そこまでこだわらなくてもいいのではないでしょうか」

茉莉花は潔く色々なことを諦めた。

自分たちは文官や武官で、知力や武力で国を守るという仕事がある。素晴らしい演技をする必要なんてないはずだ。

「茉莉花さん」

蓮舟は眼を細めた。声を低くし、茉莉花にぐっと顔を近づける。

「──罪の告白は素晴らしい話ですよね？」

「はい。それはもう」

「素晴らしい脚本になっていますよね？」

「はい。それはもう……！」

蓮舟の迫力に呑まれた茉莉花は、何度も頷く。

「貴女はその脚本を借りている立場です。だったら、誠意をもって、精いっぱいのことをすべきではありませんか？　脚本を借りた立場なのに棒読みでもいいというい加減な態度で演じるのは、作者に失礼すぎるのでは？」

「はい！　その通りです……！」

蓮舟に叱られた茉莉花は、反省した。

罪の告白は州漣先生の大事な作品だ。自分はそれを演じさせてもらう立場である。

本人の眼の前で、大事な作品を雑に扱(あつか)っていいわけがない。下手なら下手なりに、精いっぱいの演技をすべきである。

（もっとがんばらないと……！　でも、どうやって……⁉）

茉莉花はとりあえず、空いている時間にもっと練習することにした。

翌日、仕事が終わるころ、茉莉花は御史大夫(ぎょしたいふ)から呼び出された。

「陛下がね、計画が順調なのかを聞きたいっておっしゃっていたよ」

「計画……あ、はい！　わかりました！」

今の茉莉花は『計画』と言われたら、湛楊宏(じんようこう)殺人事件の犯人を特定するための計画が真っ先に思(おも)い浮(う)かぶ。

しかし、御史大夫にとっての計画は『州漣先生の新作の試演会』だ。間違(まちが)えてはいけない。

「練習はどうかな？　上手くいっている？　蓮舟くんに聞いたら、みんなで観劇して勉強もしてきたって言ってたんだ。本格的だねぇ」

御史大夫は、大人気小説である天命奇航(てんめいきこう)の存在は知っていたけれど、読んではいなかった。

しかし今回の一件で、珀陽が州漣作品の愛読者であることが判明したので、話を合わせるために慌てて読んでみたのだ。そして、あまりの面白さにのめりこんでしまった。

今はもう、御史台の若手官吏と天命奇航について熱く語り合えるぐらいの読者になっている。

「罪の告白の最後がどうなるのか楽しみだよ！　がんばってね！」

「……はい」

茉莉花は昨夜、どんな演技を披露しても『なにかが違う』と言われてしまった。

前途多難ですと言いたかったけれど、わくわくしている御史大夫の顔を見たら、不安にさせるようなことは言えなくなる。

（早く棒演技をどうにかしないと……！）

しかしその前に、珀陽に計画の経過報告をしなければならない。

茉莉花は仕事を終わらせたあと、急いで皇帝の執務室に向かった。

どうやら珀陽の予定に茉莉花の訪問は入っていたらしく、すぐ部屋に通される。従者たちも入れ替わるようにして部屋から出ていった。

「試演会の準備はどう？　順調かな？」

「はい。舞台は四阿にしました。陛下は建物の中からご覧になるという形です」

茉莉花は礼部と相談して、『皇帝は茉莉花たちの練習を見るだけ』という形にしておいた。

　皇帝の前での本格的な試演会にすると、茉莉花たちではなくてきちんとした役者にやらせるべきだとか、宮廷楽団に演奏を頼もうとか、そういう話になってしまうからである。

　そこまで大がかりな話になれば、多くの人が関わってくる。間諜に情報をなにも渡さずに試演会をするという当初の目的がきちんと果たせるかどうか、怪しくなるだろう。

「間諜の見張りについてもらう特殊班の訓練は順調です。様々な状況に対応できるようにしてもらっています」

「うん、いいね」

「当日は警備体制が変わりますので、立入禁止区域の告知を明日には行う予定です。早めに告知する方が、間諜も助かりますから」

　茉莉花は計画通りに進んでいるという報告をし、それではと頭を下げた。

「……で、一番大事な茉莉花たちの演技はどう？」

　茉莉花はどう答えるか迷い、とりあえず小さな修正を入れることにした。

「一番大事なのは、間諜を誘いこむことです」

「そうだね。なら演技は二番目に大事だということにしよう」

　茉莉花は珀陽の笑顔から圧力を感じてしまい、すぐに言葉が出てこなかった。

「……この計画の目的は、湛楊宏殺人事件の犯人の特定です。素人の演技については眼をつむっていただけると本当に助かります……！」

「茉莉花はこういうのも器用にやると思ったんだけれど、難しい？」

「……とても難しいです」

茉莉花は物覚えがいいので、既にあるものを組み合わせるという方法で答えをつくっている。なにもないところから答えをつくっているわけではない。

演技もそうだ。見たものを組み合わせて真似することはできても、恋する荷花の演技を一からつくることはできない。

「……陛下からは、恋しているわたしはどう見えていますか？」

茉莉花は、恋の演技の参考になるものがほしかった。ただそれだけの気持ちで珀陽に質問をしたのだけれど、違う意味にもとれるような気がしてきて慌ててしまう。

「いえっ！　すみません！　わたしに限らなくていいです！　恋している人の表情とか特徴とかを教えていただけたら……という意味です！」

茉莉花は急いで訂正を入れたけれど、珀陽は甘く微笑んでいた。

「可愛いと思う。それはもう誰よりも」

そして、とろけるような声でとんでもないことを言い出す。

「こ、恋している人は、誰でも可愛くなるとよく言われますよね！」

「恋している表情になっているときは私だけを見ている。独占するつもりはなくても、やはり満たされるものがあるよ」

「とても参考になります！　ありがとうございました！」

茉莉花は珀陽の話を無理やり終わらせ、急いで部屋から出る。

他の人から妙だと思われないようにいつも通りの表情を意識しながら早歩きをし、誰もいないところにきてからようやく息を吐(は)いた。

「……誰よりも可愛い」

すごいことを言ってしまったし、すごいことを言われた気がする。

そして、珀陽の言葉で今更(いまさら)すぎることに気づいた。

――わたしは、珀陽さまを独占しているときがたしかにある。

二人きりで話しているとき、珀陽の視線は茉莉花だけに注がれている。視線だけではない、気持ちもだ。

そして、それは自分も同じだった。珀陽しか見ていないし、珀陽のことしか考えていない。

「どうしたらいいのかしら……」

次に二人きりになれたとき、妙に意識してしまいそうな気がする。

いつも通りの反応をすることができるだろうか。

「はぁ……」

茉莉花は顔のほてりが収まるのを待ってから、そっと廊下に戻った。すると、廊下を歩いていた人に「うわっ！」と叫ばれてしまう。

「あ、春雪くん！」

「妙なところから出てこないでよ……。驚いた」

「ごめんなさい。動揺していて、少し一人になりたくて……」

茉莉花が素直に謝れば、同期の友人である鉦春雪はなぜか眼を細める。

「なにか嫌な予感がする。じゃあね」

「ちょっと待って！　春雪くんのそのすました顔をもっと見せて！　今すぐ覚えて真似するから……！」

「よくわからないんだけれど、僕を巻きこまないでくれる⁉」

春雪は、意味不明なことを言い出した茉莉花を突き放す。同時に、周りに人がいるかどうかを素早く確認した。

春雪は旬の話題である『州漣先生の新作の結末』を知っている茉莉花に近よりたくない。接点がそれなりにあることを周りに知られたら、なにがなんでも結末を教えてもらってきてくれと頼まれてしまうだろう。

（大体さぁ、茉莉花が試演会なんていう目立つことをしたがるはずがないんだよ。……つまり、目立つものの裏でなにかの計画が進行しているってことなんだよね）

茉莉花には隠したいことがある。だから大人気作家の新作を演じて陛下に披露するとか、結末を知ることができるのは一部の人だとか、そういう工作をしているのだろう。

茉莉花の性格をよく知っている春雪は、月長城で起きていることをかなり正確に把握できてしまっていた。

「春雪くん、ついでに恋している顔もしてくれたら嬉しいんだけれど……」

「はぁ？」

春雪は茉莉花の謎すぎる要望に嫌そうな顔をした。

「絶対に嫌だね。そういうのを得意としている人にお願いしてよ」

春雪は、茉莉花にも一人ぐらいなら恋多き友だちがいるだろうと思った。

どうしてその人のところへ行かずに通りすがりの自分に頼むのか……と呆れたら、茉莉花は眼を輝かせる。

「そうよね！　得意な人に頼むべきだったわ！　春雪くん、ありがとう！」

茉莉花は声を弾ませた。素晴らしい答えを春雪から手に入れることができたからだ。

（なんですぐに思いつかなかったのかしら！　動揺すると、いつもならすぐにわかることもわからなくなる……！）

春雪の言う通り、恋の演技は得意な人に教えてもらうのが一番だろう。

茉莉花は早足で御史台の仕事部屋に向かった。


仕事を終わらせた茉莉花は、皆と別行動をさせてもらった。

手土産を城下町で買い、天音花嵐座の劇場小屋に入り、麗燕の情熱的な演技を楽しむ。

劇が終わったあと、茉莉花は麗燕の控え室を訪ねた。

護衛の武官には、控え室には誰も入らせないようにしてほしいと頼んでおく。

「お疲れのところすみません。今夜の素晴らしい演技についての感想をどうしても言いたくて……！」

「とんでもございません。茉莉花さまにまたきていただけて光栄です……！」

麗燕は衣装のまま茉莉花を歓迎してくれ、着替えを手伝おうとしていた下働きの少女に「お茶とお菓子の用意を」と小声で命じた。

「大したものではありませんが、皆さんでどうぞ」

茉莉花は麗燕に差し入れを渡し、素晴らしかったところを語った。

「麗燕さんの恋の演技は、何度見ても胸が熱くなります……！　眼で、言葉で、身体で恋をしているのだと伝わってきました……！」

「ありがとうございます」

茉莉花がこの雑劇を観劇したのは三度目だ。

一度目は大虎に連れていってもらい、二度目は試演会の参考になるからと言って蓮舟と雲嵐を連れて行った。

三度目の今夜は一人での鑑賞だ。恋する前と恋したあとの表情や声の違いをじっくり見ることができた。

「それで今日は……」

茉莉花が個人的なお願いをくちにしようとしたら、麗燕は首を横に振る。

「……茉莉花さまのお気持ちと誠意は、とてもよく伝わりました」

そして、大丈夫ですと言わんばかりに微笑んでくれた。

茉莉花は、まだなにも話していないのに……と戸惑う。

「私をご贔屓にしてくださるだけではなく、ご友人を連れてきて天音花嵐座の客を増やしてくれ、いつも差し入れも渡してくださる……。ここまでしていただいたら、私も茉莉花さまのお気持ちに応えなければなりません」

「は、はぁ」

「私をご贔屓にしてくださる方はたくさんいます。きっと茉莉花さまの情報収集のお役に立つでしょう。これからも天音花嵐座をよろしくお願いしますね」

茉莉花は、ようやくどこでどんな勘違いが発生したのかを理解した。

御史台は官吏の監査を行うところである。監査の対象人物を調べるためには城下町での情報収集も必要になってくるので、城下町の商人と仲よくしておき、情報の売り買いをする取引相手を確保する必要があった。

茉莉花は今のところ、商工会長から情報を得ている。しかしそれは、商工会長と共通の目的がある間だけの関係だ。今後もずっと商工会長と取引ができるわけではない。

茉莉花は、自分もどこかの店の常連客になって取引相手をつくらなければならないと思っていたけれど、まさかこんなにもあっさり見つかるとは思っていなかった。

「こちらこそありがとうございます。心強いです」

茉莉花は最初からそのつもりでしたという顔をしておく。

「それではまず……」

茉莉花は早速取引したいと申し出る。

麗燕には『お願い』をしにきたのだけれど、こうなったら『取引』にしてしまった方が自然な流れになるだろう。

「麗燕さんは州漣先生の新作のことをご存じですか？」

「勿論です。贔屓のお客さんに写しを借りて読んでいますわ。第四話まで読みました」

州連の作品は、城下町の人々にも大人気だ。

麗燕もそのうちの一人なら話は早い。

「新作の『罪の告白』を劇にしてみるという話は知っていますか？」

「ええ、試演会のことも知っています。茉莉花さまたちが協力していることも、皇帝陛下が密かにご覧になることも知っています」

麗燕は茉莉花の役に立つと言った通り、月長城内での出来事をきちんと知っていた。

「実はここにその脚本がありまして……」

「えっ⁉」

茉莉花はちらりと脚本を見せたあと、ぱっと胸元にしまいこむ。

「読んでみたいですか？」

「……それはもう！」

罪の告白の結末まで書かれた脚本を読んだのは、今のところ茉莉花と雲嵐と大虎のみである。脚本は絶対に流出させられないので、見せる人を徹底的に絞っていた。

（麗燕さんから情報が漏れるようなことになってはいけない……！）

これは信頼関係が大事になってくる。茉莉花に価値があればあるほど、麗燕は茉莉花の信頼を裏切れなくて、頼み通りに黙っていてくれるだろう。

「一度だけなら読んでもいいです。ただし、わたしの前で今読んでください。内容に関しては誰にも話してはいけませんし、読んだことも黙っていてください。内容が流出した場合は、どんな事情があろうとも麗燕さんが真っ先に疑われます」

茉莉花は誓約書を麗燕に渡す。

「どうしてここまで慎重になるのかというと、陛下が罪の告白の結末をとても楽しみにしていらっしゃるからです。もしも内容が流出して、陛下よりも先に結末を知った人がいるとわかったら、その人は大変なことになるでしょう」

――皇帝を差し置いて、先に結末を知った。

そんなことになれば、皇帝の怒りを買う。劇団が解散させられたあとに、麗燕が一人で田舎に帰ればすむという話にはならない。

……というような脅しを茉莉花は麗燕にかけた。

「わかりました。私の胸にすべてを秘めておきます」

麗燕はその通りにすると約束し、誓約書に署名する。

「ありがとうございます。麗燕さんのご協力に感謝します。――……それで、脚本をお渡しする代わりに、頼みが一つあるんです」

茉莉花は胸元に戻した脚本をゆっくり取り出す。それを麗燕に差し出しながら、にこりと笑った。

「ここで一度だけ荷花を演じてもらってもいいでしょうか？」

「……ここで荷花を、ですか？」

「はい。お願いします」

麗燕は、茉莉花の取引内容に納得できなかった。

皇帝陛下に内緒でこっそり脚本を見せてくれるというのは、これから仲よくしましょうという意図があるのだろう。

しかし、荷花を演じるというところには意味を見出せなかった。ここで麗燕が荷花を演じても、茉莉花にとっては見て楽しむだけで終わるものだ。普通は、手に入れるのがとても難しい情報を要求してくるはずである。

——もしかして、それだけ私との関係を重要だと思っているの？

麗燕は勘違いをしてしまった。

茉莉花は、『今回は見返りを求めません。貴女のこれからの働きに期待しています』と言いたいのではないだろうかと考えてしまったのだ。

「茉莉花さまのご期待に応えてみせます！」

そこまで信頼してくれるのであれば、と麗燕は感激した。すぐに脚本を広げ、読んでいく。

脚本は小説と違い、消えている台詞があったり、逆に台詞が足されていたりした。麗燕にとっては脚本という慣れた形に変わっているので、頭の中で荷花という人物がより具体的になっていく。

茉莉花は、傍に人がいることすら忘れてしまった麗燕を黙って見守っていた。

途中で下働きの女の子が茶と菓子をもってきてくれたけれど、それは茉莉花が受け取っておく。

「すみません！　麗燕姉さんに後で言っておきます……！」

「大丈夫です。わたしが頼みごとをしたので、今は手が離せないんです。しばらくこの辺りに人がこないようにしてもらえますか？」

「あ……はい！　もう皆さん、劇場から出て行きました。あとは麗燕姉さんだけです」

茉莉花は下働きの女の子へ戸締りについてあれこれと聞いて、麗燕が裏口から出て鍵を閉めればいいだけにしてもらう。

「夜遅くなってしまいそうで……すみません」

茉莉花は扉の前で見張ってくれている武官に謝罪した。

すると、武官は大丈夫ですと言ってくれる。

「茉莉花さんを守ることが仕事です。お任せください」

「ありがとうございます」

茉莉花は茶と菓子をもって部屋の中に戻った。

すると、麗燕が泣いている。

「えっ⁉　どうしましたか⁉」

「……結末があまりにも悲しくて、切なくて。愛し合う二人がどうしてこうなってしまったのかと……！」

この涙は、仕事終わりに引き止められて荷花を演じろと言われたことに対してのものではなかったらしい。

茉莉花はほっとしながら卓に茶と菓子を置いた。

「わかります。楊光は救われましたけれど、荷花が……！」

茉莉花がうんうんと頷けば、麗燕はまた涙を零す。

「これが罪の告白……。素晴らしい物語でした……。一つの恋の終わりがこんなにも切なく愛おしいなんて……！」

麗燕は物語の結末に感動したあと、読めてよかったと満足し、それからぞっとした。

——もしかして、ほとんどの人が結末を知らないままになるの？

これは州漣にとって、脚本づくりのためのお試し作品である。完成させなくてもいいものだ。

州漣があとで小説版の続きを書く気になってくれるのならいいけれど、お試しが終わったからもういいとなってしまったら……。

「ああ……なんてもったいない！　この結末を皆にも味わってほしい……！」

「わかります……！」

麗燕はしばらくどこがよかったのかを茉莉花に熱く語ったあと、荷花の話を始めた。

「荷花は病気の弟を助けたくて異国に情報を流しています。彼女にはやらなければならないことがある。だから、恋に戸惑うはずなんです。最初はそんなことをしている場合ではないと恋を否定する。けれども、この場面でついに諦めるんです……！」

麗燕は荷花の恋がどう変化するのかを茉莉花に説明し、どう演技すべきかを考えた。

「荷花は幸せで優しい恋を選ばず、激しい恋の炎にただ燃やし尽くされることを選んでしまった……。荷花の覚悟や意思の強さをしっかり表すべきですね」

そして、麗燕は頼んだ通りに荷花を演じてくれる。

茉莉花は台詞をすべて覚えているので、麗燕が演じやすいように他の台詞を引き受けることにした。

「……いえ、そんな。楊光さまにそのようなことはさせられません」

茉莉花が色々試してみたのに「なにか違う」と言われ続けたあの台詞を、麗燕が眼の前で言ってくれる。

麗燕が演じる荷花は、荷物をもつと言った楊光に少し驚いたあと、嬉しそうに断った。

それは荷物をもってもらえることへの喜びではない。自分が胥吏として認められていることへの喜びである。

（すごい……！　荷花が身近な人間に思えてくる……！）

麗燕の演じる荷花は、物語の人物ではなく、今ここで生きている人物だった。


翌日、茉莉花は一人で練習したいと蓮舟に申し出た。

自分の部屋に閉じこもり、鏡を見ながら麗燕の演技を思い出し、表情や動きを少しずつ近づけていく。

「茉莉花さんってさぁ……」

そんな茉莉花の『調整』を見学しにきた大虎は、ぼそりと呟いた。

「演技力を上げる方向じゃなくて、お手本を用意して真似るって方向で、茉莉花さんにしかできない方法でどうにかしちゃうんだよなぁ」

普通の人は、普通に練習する。台詞の言い方を変えてみたり、助言をもらったり、正解にたどり着くまで様々な挑戦をするのだ。

しかし茉莉花は、正解を先につくった。それは、正解の演技を一度見るだけで完璧に覚えることができるからこその力技である。

「わたしにはこの方法が一番合っているので……」

「うん。役者だったら応用が効かなくて困るだろうけれど、茉莉花さんは官吏だからこれで充分だもんね」

　その『充分』の精度がどんどん上がっていることに、大虎は恐ろしさを感じた。

「僕は雲嵐の方を手伝ってくる。台詞読みの相手をしてくるよ」

「よろしくお願いします」

　大虎は隣の客室を訪れる。

　そこには一生懸命に練習する雲嵐と、これは駄目だという顔をしている蓮舟がいた。

「蓮舟、代わるよ～」

「お願いします。ちょっと休憩させてください。茉莉花さんはどうでしたか？」

「茉莉花さんはもう調整に入っていたから大丈夫」

　大虎は脚本を広げ、どこから始めるのかを蓮舟に教えてもらう。

「雲嵐、台詞は覚えた？」

「大体は……」

「あとは演技か。自信をもっていこう！　琵琶もさ、自信ないとそれが音に出ちゃうから、自信をもって弾けって習ったよ。よし、第三話のところだね」

　楊光は第三話で荷花の秘密を知ってしまう。

　荷花に裏切られたことに絶望したあと、友に会う。そして自分もまた友の信頼を裏切っていることを思い知るのだ。

大虎と雲嵐は、この場面の台詞読みを始めた。

「……花びら。ここにいたのは荷花なのか？」

雲嵐は台詞をそのまま読む。

大虎は、宴会芸だったらこれだけできればいいんじゃないかなと思いつつも、皇帝に見せるのであればもう少しなんとかしたいという蓮舟の気持ちもよくわかった。

「もっとこう、気持ちをこめよう！　誰かに裏切られた経験ってない？　僕はあるよ。飲みに行った相手が自分の分を支払わずに帰ったことがあったんだ」

大虎の経験した裏切りは、楊光の味わった裏切りと種類がかなり違う。しかし、大虎の言いたいことは雲嵐にきちんと伝わった。

「つまり、自分の経験を生かせということか？」

「そうそう！」

雲嵐は、州漣の新作である『罪の告白』の主人公の気持ちが嫌というほどわかる。

誰かに裏切られる衝撃とつらさ。

誰かを裏切る後ろめたさ。

真面目にやっても報われない無力感。

雲嵐はそういう負の感情をよく知っていた。知りすぎていた。

「……それは困る」

「どう困るの？」

「演技に熱が入りすぎるというか、あまりにも生々しいものになるというか……。誰がどう見ても、あいつは似た経験をしていると感じてしまうぐらいの……」

　雲嵐には、荷花のような友人がいる。

　そして、楊光のような自分もいる。

「見た者に、『もしかして……』と思われるようなことになったら……」

　雲嵐が拳に力を入れると、大虎が瞬きを繰り返した。

「女の人に騙された経験があるってこと？」

「は？　いや、ええっと……」

「そっか……。そういうこともあるよね。大丈夫だよ。美人に言いよられて、これは自分に気があるなと思って、嬉しくなって浮かれて、でも金目当てだったたってのはさ、誰でも通る道だから」

　大虎に同情された雲嵐は、そういうつもりで言ったわけではなかったので、どう修正すべきかを悩んだ。

「女の人に裏切られたっていうその気持ちを、楊光の演技に取り入れよう！」

「そんなことをしたら、楊光の演技ではなくてただの俺だ！」

「ただの俺でいいから！　茉莉花さんの演技がすごいから、演技じゃなくて素でぶつかるぐらいのことをしないと見劣（みおと）りするって！」

大虎の説得により、雲嵐は演技をするというよりも、言い回しが少し違う『自分』のままでいくことになった。

「……花びら。ここにいたのは……荷花なのか……？」

友人が非合法活動をしているのではないか、と気づいてしまったあの日の自分。

信じたくないという気持ちと、裏切られたという気持ちが混ざり、どんな顔をしていいのかわからなかった感情を、ここで再現してみる。

「うわっ！　すごくよくなった！　裏切られた衝撃が伝わってくる！　雲嵐が女の人に裏切られた経験があってよかったよ～」

大虎が笑顔でひどいことを言う。

雲嵐はその誤解を解くことができなくて、ため息をついてしまった。

「でもそのぐらいで満足したら駄目だからね！　茉莉花さ～ん、ちょっときて！」

大虎は茉莉花を呼び、一場面だけでいいから合わせてみようと提案する。

「わたしはまだ練習中なので、上手くできるかどうか……」

「茉莉花さんなら大丈夫」

大虎はここをやってみようと言って、脚本のとある場面を指差した。

「じゃあ、始め！」

雲嵐は、大虎の合図で演技を始めた茉莉花を見て驚く。

一昨日の演技とはまったく違う。荷花に魂が宿って、生きている人間になっている。

「すごい……！」

雲嵐は茉莉花の演技に圧倒された。

これはたしかに自分の経験を少々重ねた演技をする程度では、茉莉花の輝く演技力に負けてしまうだろう。

雲嵐は楊光の気持ちを最も理解できる自分を、存分に利用することにした。

今日はついに州漣の新作『罪の告白』の試演会の日である。

月長城で働く者たちは、観劇できなくても州漣先生の顔は見てみたい……とそわそわしていた。けれども、月長城に現れたのは州漣の代理人である商工会長だ。

皆、州漣先生に会いたかったのに……とがっかりしてしまう。

「元官吏か今も官吏って言われてる人だ。顔を見られないよう代理人に見てきてもらうことにしたんだろうなぁ」

「陛下の御前って形じゃなきゃ、本人がこっそり見に行ったんだろうけれどな」

官吏たちは、州漣の正体やどんな結末になるかを想像して盛り上がる。

そんな中、月長城で働く異国の間諜も皆に話を合わせていた。結末がどうなるのかだけでも知りたいよなと同僚たちと笑い合う。

「じゃあ、俺は早めに行くわ」

「もう?」

「ほら、立入禁止区域を避けて遠回りしないといけないからさ」

「そうだった！　気をつけないと武官に叱られる！」

またあとでな、と間諜は同僚と別れ、事前に決めていた道を通り、誰も使っていない資料庫に入った。

そこに隠しておいた官服を着れば、誰かに見られたとしても、自分だと思われなくなる。

(試演会の場所が謁見の間だったら、盗み聴きはできなかったかもしれない。でも、ありがたいことに舞台は四阿だ。あそこなら近づくのはそう難しくはない)

間諜は礼部の文官から『舞台は四阿を使う』『陛下は建物の二階から見学する』と教えてもらった。この情報を元に、警備がどうなるのかを考え、誰にも見られないように近づける経路を探しておいてある。

武官たちは馬鹿だ。事前に何度も『本番を想定した警備練習』を四阿周りでしていたので、侵入する練習が何度もできたのである。

(誰にも見つからずに近づける経路があってよかった)

普通の人には無理でも、訓練された人間ならどうにか通れる抜け道があった。

——植木を揺らさず、見張りの兵士の視界に入らないよう、静かに素早く移動する。

間諜はそれを見事にやり遂げる。

そして、退路の確認をしたあと、ようやく息を吐いた。

(上手くいったぞ……！)

四阿をここから見ようとしたら、見張りの兵士たちに気づかれてしまうので、音を聞くだけにする。しばらくすると、琵琶の音色が響いてきた。

「楊光！　これから飲みにいかないか？」

「いや、仕事が終わっていない。今日は無理だ」

罪の告白がついに始まる。

冒頭の楊光は、立場の弱い文官でしかなかった。

荷花と出会ったときも、運命の恋が始まっただけに思えた。

しかし、話が進むと、荷花と楊光の秘密がどんどん明かされていく。

(荷花は本当に俺のことなのか……⁉)

四阿で楊光と荷花を演じている二人は、おそらくかなり熱演しているのだろう。素人のお試しの劇だとしても、見ているものを夢中にさせる力があるようだ。
近くにいる見張りの兵士は、間抜けな顔で四阿を見続けていた。
（この話の結末はどうなるんだ……!?）
劇はいよいよ小説版の第四話に入る。
楊光が荷花の正体を知り、自分が利用されていることに気づいてしまったところだ。
「――荷花を、この手で殺すしかない」
楊光は絶望の中、悲しい決意をする。
彼は死んだ楊宏と同じように、使われていない部屋で荷花を殺す準備をし始めた。
そして、夜を待ってから荷花を呼び出し、縄で首を絞めて殺そうとする。
「うっ！」
けれども、楊宏は間諜の殺害に失敗した。
硯で頭を殴られ、思わず手から力を抜き、縄を落としてしまったのだ。
そして、間諜によって再び頭を殴られ、床に倒れこんだ。
「あっ……、ああ……！」
荷花が驚いている。
同じことをした間諜には、その気持ちがよくわかった。
自分も想定外のことに驚いて、慌てて後始末をしたのだ。

「大丈夫、誰も気づいていないわ。彼の遺体を城下町に運び出せば、物取りに殺されたということになるはず……。この罪を知っているのは私だけ……」

荷花は協力者と共に楊光を城の外へ運び出した。

この展開も自分のときとまったく同じだ。

「……いいえ、これで終わりではない」

荷花はどうしてこんなことになったのかと絶望したあと、立ち上がる。

「あの人がなにかを残しているかもしれない……！　日記、手紙……すべてを始末しないといけないわ！」

荷花は後始末に奔走する。

そして、ついに楊光の手紙を見つけた。

それは暗号文になっていて、荷花だけが解けるものだった。

──荷花へ。

間諜はどきっとしてしまう。

湛楊宏も暗号文を残していた。御史台がそれをもっていった。

あれは御史台による罠だと思っていたけれど、本物だったとしたら。そこに、楊宏と自分の罪が書かれていたら──……と冷や汗が出てくる。

「あぁ……なんてこと……」

楊光の手紙には、荷花への愛が綴られていた。

——俺は君を殺そうと思う。だが、しばらくは君が生きているように見せかけるつもりだ。その間に、君の弟を救おう。もし俺が君を殺せなかったら、君はこの手紙に書いてあることを利用して、弟を救って二人で逃げるんだ。

楊光は、官吏の汚職の証拠を荷花に託した。

荷花はこれがあれば、城の中で情報を探る必要はなくなる。この情報を少しずつ連絡役に渡せば、有能な間諜だと判断される。

——その間に人質の弟を探し、二人で逃げてくれ。

楊光の愛を手紙から受け取った荷花は、崩れ落ちる。

「『俺は、絶対に愛してはならない君を愛するという罪を犯した。どうかこの罪を君に知ってほしい』」

どうしてもどちらかが死ななくてはならない結末に、皆が眼を潤ませる。

しかし、間諜にとってはそれどころではない。

（州漣という作家は、本当になにかを知っているんじゃないのか？　州漣が文官で、それなりの地位にいる文人だとしたら、御史台で保管されている湛楊宏の暗号文を手に入れることもできるだろう。もしも解読に成功していたら大変なことになるぞ！　俺も暗号文を手に入れないと……！）

しかし、間諜はこの間、御史台へ侵入したところを御史台の官吏たちに見つかったばかりだ。そのせいで御史台の警備はかなり厳しくなっている。

（今は危険なことをできるだけしたくない。ここは穏便に……御史台の文官や調査を担当した禁軍の武官とどうにかして接触して……。いや、今からだと時間がかかる。今すぐに、どうにかしてくれる相手はいないのか⁉　金を使って誰かを雇うか⁉）

傭兵を用意することはできても、今日中に月長城へ招き入れるのはとても難しい。強行突破を避けるのなら身分の偽装が必要なので、それなりに時間がかかるのだ。

（月長城内で俺の代わりに御史台に侵入してくれそうなやつなんているのか？　金に困っている武官なら……あ！）

間諜は、利用できる者たちがいることに気づいた。

——楊宏の仲間がいる。

あいつらはなにを勘違いしたのか、威雲嵐が湛楊宏を殺したと思って怒り、雲嵐を襲った。しかし、当然のことだけれど失敗した。

湛楊宏が所属していたあの組織はそれなりに大きい。そして、報復という過激なこともしようとしていた。連中を上手く操ることができれば、代わりに暗号文を盗み出してくれるかもしれない。

（……そうだな。楊宏が皇后派と密かに接触していて裏切ろうとしていたという嘘をつい

て、焦らせてやろう）
危険なことは反皇后派の連中に任せてしまえばいい。彼らから暗号文を盗むのは、そう難しくないはずだ。

雲嵐は試演会を終えたあと、後片付けをしてから御史台にある自分の仕事部屋へ戻ってきた。

椅子に座った途端、身体から力がどんどん抜けていく。武官として鍛えているはずなのに、妙に疲れてしまっていた。演じるというのはとても大変な作業のようだ。

「お疲れさまでした」

それなのに、茉莉花は笑顔で茶と菓子を用意してくれる。

実は武官だったと言われたら、今なら信じてしまうだろう。

「疲れていないのか……？」

雲嵐は甘いものをそこまで好んでいないけれど、今はありがたい。月餅を手にしながら茉莉花に質問すれば、茉莉花は笑顔で答えてくれた。

「一度演じただけですから。一日中、花娘の練習をしていたときに比べたら大したことはありません」

「俺は訓練を一日中受ける方が楽な気がする」

雲嵐がため息をつけば、茉莉花は笑いながら椅子に座る。

「慣れていないことをすると疲れますからね」

「……茉莉花は演じることに慣れているのか？」

たしか劇に関わるのはこれが初めてだと言っていたような、と雲嵐は首をかしげた。

「わたしは劇に出演したことはありませんが、後宮にいたときからずっと、貴女の敵にはならない後輩という演技をしているんです。さすがに文官になって、禁色の小物を頂いてからは、それればかりではいられなくなりましたが……」

茉莉花は、いつもの演技が通用しなかった相手である蓮舟の顔を思い浮かべる。

「――生きるというのは、大変なんだな」

雲嵐は『人生とは』というような話を始めた。

茉莉花は、疲れきってしまった雲嵐に同情する。

（色々話したいことがあったけれど……長話にならないようにしないと）

お礼と結果報告だけは、今ここで雲嵐にしっかり伝えておきたい。

「雲嵐さん。試演会への協力、本当にありがとうございました。雲嵐さんのおかげで、湛楊宏殺人事件の犯人の特定に成功しました」

茉莉花が頭を下げれば、雲嵐は眼を円くする。

「湛楊宏殺人事件の犯人の特定……？　どういうことだ？」

「実は試演会の裏で、とある計画を動かしていたんです。間諜はこちらの計画通り、わたしたちが用意しておいた『一つしかない抜け道』を使って、試演会をこっそり見にきていました。武官たちは遠くから間諜の動きを見張り続け、間諜に気づかれないように追いかけ、顔の確認をすませています」

茉莉花は、湛楊宏殺人事件の犯人を特定するための作戦の説明をした。

勿論、どうして最初からその話をしなかったのかということも伝える。

「雲嵐さんにどこまでこの計画に関わっていただくのかを迷っていたのですが……」

茉莉花は、『わたしはずっと貴方を気遣っていました』という表情をつくる。

こうやって、相手に敵意を抱かせないような演技をするのは得意だ。ずっとしてきたことだった。

「雲嵐さんは異国の間諜の接近に気づいたら、そちらに意識が向きますよね？」

「ああ」

「そうなると演技がおろそかになって、間諜が気づかれたことに気づいてしまうのではないかと心配したんです」

「たしかに……！」

雲嵐は、四阿で楊光の演技をしている最中に異国の間諜の存在に気づいたら……を考えてみた。そしてすぐに結論を出した。

間諜の存在に気づいた瞬間、演技の素人である自分は劇に集中できなくなるだろう。台詞を間違えたり、飛ばしたり、『なにかがありました』というわかりやすい合図を間諜に送ってしまうはずだ。

「茉莉花、計画のことを話さないでくれて本当によかった。それはいい判断だ。演技に不慣れな俺が、湛楊宏殺人事件の犯人の特定を邪魔するところだった」

雲嵐は、ずっと黙っていてくれた茉莉花に感謝する。

茉莉花は本心を隠しながら穏やかに微笑んだ。どれだけ胸が痛んでも、今の話を本当の理由にしなければならない。

「茉莉花はすごいな。間諜に気づきながら、いつも通りの演技をしていたのか」

「あ、いえ……。わたしは逆に、間諜にどれだけ接近されても気づけません……」

もしも気づいていたら、茉莉花も平常心ではいられない。しかし、絶対に気づけない自信があったので、平気で演技をし続けることができたのだ。

「間諜はこちらの誘導によって特定できましたが、このあと彼がどう動くつもりなのかはわかりません。罪の告白の結末を見たことで動くのを止めるか、もしくは存在しない湛楊宏の暗号文を手に入れようとするのか、様子を見守っていくことになります」

「間諜の特定ができたのなら、動かないでいてくれた方がこちらにとっては都合がいい。いつか利用できるはずだ」

「はい。ですが、動くつもりならすぐにしかけてくると思います。……雲嵐さん、危険なことだとはわかっていますが、できれば協力していただけませんか？」

茉莉花の申し出の意味を、雲嵐はわかっていた。茉莉花に頼まれなければ、こちらから頼んでいただろう。

「ああ。間諜が動くなら今夜だ。想定の範囲内で動いてくれるように、俺は一人で帰るふりをしよう」

雲嵐の怪我は治った。試演会が終わった。これで日常に戻る。

文官の茉莉花たちと違い、武官の雲嵐が護衛を断って一人で先に帰っても、そこまで不自然ではないはずだ。

間諜が存在しない湛楊宏の暗号文を手に入れようとするのなら、一人になった雲嵐を狙うだろう。

「そこまで餌をまいても食いついてこなかったら、間諜に動く気はないということだ。ひとまず安心してもいいだろう」

「はい。雲嵐さんには護衛の武官をつけます。なにかあったら大声を出してください」

「わかった」

雲嵐と茉莉花は、帰り道の打ち合わせを急いでする。

「気をつけてくださいね」

雲嵐は武官だけれど、茉莉花にとっては御史台の官吏という感覚がとても強い。こんなことをさせてもいいのだろうかと不安になってしまう。

「ここは一番の見せ場だ。俺に任せてくれ」

「……ありがとうございます」

本当は雲嵐にもっと多くの見せ場を用意したかったけれど、今回はこれが精いっぱいだ。これから互いをより理解し合うことで信頼が生まれれば、次は雲嵐にもっと多くのことを任せられるようになるだろう。


夜になれば味方であることを示す黄色の紐が見えなくなる。

雲嵐は薄暗いうちに一人で月長城を出た。

（あとをつけられている気配はない）

特別な訓練を受けた者ならば、そのぐらいのことはできる。

いつ襲われてもいいように慎重に足を動かしていたのだけれど、人通りが少ないところを通っても、すぐに路地に入りこめるような道を歩いてもなにも起きなかった。

（もう屋敷だ。異国の間諜は『動かない』を選択したみたいだな）

間諜とはそういうものだ。情報を集めることが仕事で、人を襲うことはほとんどない。

雲嵐がこのまま屋敷に入れば、離れたところから警護していた武官が茉莉花たちへ報告しに行くだろう。なにもなかったという結果を聞いた茉莉花たちは、安心できるはずだ。

（そうだ、安心してくれる。俺を心配しているから。……俺は蓮舟に迷惑をかけたのに）

少しでもそのことを償いたくて危険な囮役に立候補した。勿論、これだけですませるつもりはない。今後も精いっぱいのことを彼らにしよう。

「お帰りなさいませ」

「荷物を頼む」

屋敷の中に入った雲嵐は、使用人に荷物を渡したあと、ふと足を止める。

「……同僚を家に招くことがあるかもしれない。女性が好きそうな菓子や茶葉も買っておいてくれ」

御史台で働いている者たちは、外で酒を飲んで騒ぐようなことはしない。酔えば不用意な発言が増えるし、盗み聴きされていることに気づきにくくなるからだ。

今後、誰かの家で試演会お疲れさままでした会を開くことになるのであれば、せめて場所ぐらいは提供しようと思った。

茉莉花たちは、月長城で雲嵐からの報告を待っていた。何事もなければ自分たちも帰るつもりでいたのだ。

「……あ、今のうちに翔景さんへお礼を言いに行ってきますね」

「翔景さん!? 僕も行きます！」

翔景を尊敬している蓮舟は、茉莉花のくちから翔景の名前が出てきた途端、勢いよく立ち上がる。

翔景は今回の作戦で、異国の間諜がどうやって楊宏の遺体を城下町へ運び出したのかを検証するという大事な役目を引き受けてくれた。

推測した脱出経路が正確であればあるほど、間諜は「もしかして……」と思い、試演会を見たくなるはずだ。

茉莉花は、翔景が月長城の再現に挑んでいたことを知っていたので、翔景なら完璧な答えをつくれると信じていたし、翔景はその期待に見事応えてくれた。

「では一緒に行きましょう。大虎さんはどうしますか？」

「僕はここで待ってるね」

「わかりました」

茉莉花は大虎に留守番を頼み、翔景さんに会える～と嬉しそうにしている蓮舟と共に、御史台の仕事部屋を出る。

仕事終わりの鐘が鳴ったあとなので、月長城を歩いている人は少なかった。

茉莉花と蓮舟は工部の仕事部屋に向かって静かな廊下を歩いていたのだけれど、茉莉花はふと一人分の足音しか聞こえなくなっていることに気づく。

「蓮舟さん……？」

振り返ってみたけれど、蓮舟はいなかった。

茉莉花がどこへ行ったのだろうかと首をかしげたそのとき、物陰から腕をひっぱられる。

「きゃっ……！」

「……動くな」

背後から低い声が聞こえた。同時に、首に冷たいものが当たった。

――これは刃物だ。

茉莉花は身体を震わせながら悲鳴をあげたかったけれど、なんとか堪える。

「右を見ろ」

茉莉花は激しく動揺しながらもゆっくり右を向く。

そこにはくちに布を噛まされている蓮舟がいた。彼は何者かに拘束されていて、恐怖に震えていたけれど、茉莉花へ必死になにかを訴えかけている。

「……っ！　……！」

首を何度も横に振る蓮舟に、茉莉花は微笑んだ。

（落ち着いて、落ち着いて……！）

茉莉花は深呼吸をした。

なにが起きているのかを、まずは正確に把握しなければならない。

（わたしも蓮舟さんも殺されていない。なら、この人たちの目的は、わたしたちを殺すことではないはず。異国の間諜の仲間で、目的は暗号文とか？　……ううん、まだわからない。でも、月長城で誘拐や脅迫をするなんてあまりにも大胆だわ。目的を果たしたら国外に逃げるつもりなのかも）

せめて誘拐犯の顔を確認したいと思ったけれど、それはとても危険な行為かもしれないと考え直す。顔を見てしまったら口封じのために殺されることもあるのだ。

（どうか蓮舟さんに伝わって……！）

茉莉花はぎゅっと眼を閉じ、誘拐犯たちを見ないようにしろと蓮舟に伝えた。すると蓮舟は、うんうんと何度も焦ったように頷く。どうやら蓮舟も茉莉花にそれを伝えたかったらしい。

（大丈夫。誘拐犯の声を覚えておけばいい）

茉莉花を脅してきた男の声は覚えた。あとは蓮舟を拘束している何者かの声も聞いておきたい。

「叫んだり逃げようとしたりしたらもう一方が殺される。……いいな」

茉莉花の背後にいる男は、低い声で警告してくる。

茉莉花と蓮舟はそれに黙って頷いた。

そのあと、蓮舟を拘束している男は、蓮舟と共にどこかへ向かう。

「お前はこっちだ。移動するぞ。なにもなかったふりをしながら月長城を出ろ。離れてついていく。お前をしっかり見ているからな」

茉莉花は、背後の男の言葉に黙って頷いた。言われた通りに、なにもなかったという顔で正門を目指す。

（……御史台の官吏としての正しい行動は、蓮舟さんを見捨てて、武官とすれ違ったら助けを求めること。わたしたちは、月長城にいる陛下の身の安全を優先させないといけない）

しかし、できれば蓮舟も無傷で解放させたい。

茉莉花は武官とどこかですれ違いたいと願いながら歩く。すると、正門直前のところでようやくその機会を得られた。

「お疲れさまです。明後日からよろしくお願いしますね」

茉莉花は手首をぎゅっと摑み、前方から歩いてきた武官に顔見知りというふりをしながら声をかける。

「お疲れさまでした。こちらこそ明後日からよろしくお願いします」

武官は茉莉花の言葉を復唱し、それ以上なにも言わずに立ち去った。

茉莉花は、どうか先ほどの合図が通じていますようにと祈る。

——御史台が狙われています。相手は月長城に出入りできるみたいなので、月長城内で脅迫をしてくることもあるかもしれません。助けてほしいという合図と合言葉をつくりましょう。

手首をぎゅっと握る、もしくは「明後日からよろしくお願いします」という言葉を武官に告げたら、それは「脅迫されているので助けてほしい」という合図だ。

そして同時に、皇帝の警護を強化してほしいという合図でもあった。

（あとは時間を稼げばいい……！）

茉莉花たちを助けるのは、武官の仕事である。茉莉花は彼らを信じ、それまで生き延びることを考え続ければいい。

「そこの路地に入れ」

城下町をあちこち歩かされているうちに、空が橙色から藍色に変わりつつあった。

あと少しで真っ暗になって、すれ違う人の顔が見えなくなるだろう。

「立ち止まれ。絶対に大声を出すな。声を出す気配があれば殴る。質問されたことだけにい。

答えろ」

茉莉花は黙って頷いた。質問から誘拐犯の正体や目的の手がかりが得られるかもしれない。

「湛楊宏が残した暗号文はどこにある？」

「……今、もっています」

「っ⁉　出せ。……ゆっくりだ。妙な真似はするなよ」

茉莉花は服の合わせから一枚の紙を取り出す。

誘拐犯はそれを勢いよく奪っていった。そのあと、他にも紙を取り出しているような音を立てる。

（楊宏さんの文字かどうかを確認しているみたい）

誘拐犯は二枚の紙をじっくり比べたあと、茉莉花の首筋に再び冷たいものを当てた。

「暗号は解けたのか？」

「……途中まで解きました」

「途中まででいい。どう解いたのかを答えろ」

茉莉花はゆっくり指を動かす。

「最初の……花が三つ重なるところは、場所を示しています。桃の木と金木犀を植えている花心茶房の向かい側の店の窓にこの暗号文を貼ると、夕方になれば次に行くべきところが示されるんです」

花心茶坊はここから歩いてすぐのところにある。

誘拐犯は、茉莉花を置いていくか、それとも連れていくかを迷ったあと、連れていくことにした。

茉莉花をこの建物の柱に縛りつけておくことは簡単だけれど、うっかり迷いこんだ者に見つかったらやっかいなことになるからだろう。

「行くぞ。先に歩け」

「…………」

茉莉花は黙って歩き出す。

花心茶房の向かい側の店で足を止め、花窓を見た。

「この花窓の模様は椿です。夕方になると、桃の木と金木犀の影がこの椿の花窓にかかります。花が三つ重なるところはここで間違いないかと……」

茉莉花は言葉を止め、震えそうになる声を咳払いしてごまかす。

「……暗号文の紙を花窓の中央に置いてください。花窓の模様がかからないところだけを読み上げると、次に行くべき場所がわかるようになっています」

茉莉花は次にすべきことを誘拐犯に教えたけれど、誘拐犯は動かなかった。

誘拐犯は、眼を離したすきに茉莉花が逃げ出すのではないかと心配しているようだ。

「おい」

そのとき、誰かが誘拐犯に声をかけてきた。

茉莉花はいつでも逃げ出せるように心の準備をしたけれど、どうやら誘拐犯の仲間が合流しただけだったらしい。

「男の方にここへ行けと言われたんだが……お前もか」

「ああ。それならこいつらは嘘をついているわけじゃなさそうだな」

誘拐犯たちが茉莉花と蓮舟を引き離したのは、互いを互いの人質にするためだけではなく、嘘をついていないかどうかを確かめるためでもあったようだ。

これは勢い任せの誘拐ではない。計画をしっかり練ってきている。

「そっちも連れてこい。嘘をついていないのなら、まとめて見張ろう」

「わかった」

仲間同士での話し合いが終わったあと、誘拐犯の一人が花窓に暗号文を貼り、次の場所を指し示す文字を拾い、別の紙に書き留めた。

「ここからすぐのところか」

——四つ目の角を左。突き当たりの壁。

茉莉花は誘拐犯にそこまで行けと命じられる。

歩いていくと、示された場所に蓮舟が立っていた。

もう暗くなっていたので、蓮舟の傍にいる誘拐犯たちの顔はよく見えない。

「壁になにかあったか？」

「文字が彫られていた」

誘拐犯は、茉莉花と蓮舟を交互に見る。

「説明しろ」

蓮舟は茉莉花をじっと見つめ、自分が話すという意思表示をしてきた。

「ここには、『友よ、果報は寝て待て。待てば甘露の日和あり』という文字が彫られている。僕たちはここまでたどり着けたけれど、手がかりが足りないのか、どこかで解き間違えたのか、この文字の意味はわからなかった」

御史台の官吏たちは、花窓の謎を丁寧に解いた。そんな彼らでもこの謎は解けなかった。

誘拐犯たちはどうするのかをひそひそと話し合う。

「とにかく、この二人を移動させて……」

今ここには、茉莉花と蓮舟、誘拐犯の二人、その仲間の四人がいる。

暗くなったとはいえ、八人で話し合っているところを誰かに見られたら、記憶に残ってしまうだろう。

「いや、待て。これって……たしか……」

そのとき、誘拐犯の仲間の一人がなにかを思い出したように言葉を止めた。

「そうか。若い奴らは知らないのか」

「まさか、暗号が解けたのか⁉」

「三十代以降じゃないと解けないみたいだ。あいつは若いやつには解けないような暗号文にしておいたのかもしれない」

御史台で真面目に仕事をしているのは、将来を期待されている若手官吏だけだ。

誘拐犯たちは、湛楊宏が御史台の若手官吏を警戒したのだろうと納得する。

「これはかなり前に流行っていた小説に出てくる台詞だ。『友よ、果報は寝て待て。待てば甘露の日和あり』は、主人公がよく言っていた」

「昔の小説か。これだけで次の行き先がわかるのか？」

「なんでも解決屋をしている主人公の店の場所が、大通りから三本目の三つ目の建物だったんだ。……お前たちもついてこい」

茉莉花と蓮舟は、驚いた顔をしながらついていく。

大通りから三本目の三つ目の建物は、とても大きくて立派な屋敷だった。この辺りは月長城に近くて、金もちしか住めないところである。

「灯りがついていない」

「ここは空き家だったはずだ」

「鍵を壊すか窓を壊すか……。誰か見てこい」

そのとき、蓮舟が息を呑んだ。蓮舟はなにか言いたそうに茉莉花を見てきたけれど、茉莉花はそっと眼をそらした。

その間に、誘拐犯たちはどこからか縄梯子をもってきて、それを使って屋敷の塀を乗り越えていく。

「玄関は駄目だった。窓ならどうにかなりそうなところが一つだけある」

「窓の鍵を壊せ。静かにやれよ」

茉莉花と蓮舟も屋敷の敷地内に入れと言われたので、不安定な縄梯子を登って、塀を乗り越えた。

「開いたぞ……！」

内側の鍵が外れかけていたのか、揺らせばすきまができる窓が一つあった。誘拐犯たちはその窓に金具を差しこみ、内側の鍵を上手く外す。

「お前も入れ。そっちは残れ」

誘拐犯の一人が茉莉花に同行を命じてきたので、茉莉花はそれに従おうとした。

けれども、蓮舟がおびえながらもそれに小声で噛みつく。

「僕が行きます！　なにがあるかわからない場所に茉莉花さんを行かせるわけにはいきません……！」

蓮舟は茉莉花のことを嫌っているけれど、それでも年下の同僚というだけで茉莉花を庇ってくれた。本当に人として尊敬できる先輩だ。

「蓮舟さん……！」

茉莉花は、蓮舟の勇気に感動してしまったけれど、誘拐犯たちにとってはどうでもいいことだったらしい。

「ならお前でいい。残した方を逃がさないように気をつけろ。手首を縛っておけ」

「了解」

茉莉花は無事に帰ってきますようにと祈りながら蓮舟を見送る。

どきどきしながら窓の傍で待ち続けていたら、突然大きな悲鳴が聞こえてきた。

「危ない！」

「うわぁああ！　助けてくれ！」

「なんだ⁉　駄目だ、くるな！」

「これはどういうことだ⁉　なにが起きたんだ⁉」

屋敷に入った者たちが、次々に悲鳴を上げている。その中に、蓮舟の悲鳴も混ざっていた。

「なにが……⁉」

茉莉花の見張りを任された男は、茉莉花を連れて中に入るべきかを迷う。

見張りの男が窓から部屋の中を見たとき、ごつんという鈍くて痛そうな音が鳴った。

「茉莉花！　大丈夫か⁉」

「大丈夫です！」

ついに助けにきてくれた雲嵐に、茉莉花は必死に頷く。

見張りの男は地面に倒れていた。雲嵐はすぐに男を縛って動けなくする。

（い、痛そう……！）

雲嵐の手には剣ではなくて角材が握られていた。勿論、殺さないように手加減はしていただろうけれど、なかなかの音が出ていたので、誘拐犯の男が心配になってくる。

「武器は角材なんですね……」

「誘拐犯が茉莉花の近くにいたからな。剣だとなにかあったときに刃が流れ、茉莉花に怪我をさせてしまうかもしれない」

「配慮してくださってありがとうございます……！」

茉莉花は雲嵐に手首の拘束を外してもらう。

外の見張りがいなくなったので、助けにきてくれた武官たちがぞろぞろと屋敷の敷地内に入ってきた。

「蓮舟は？」

「悲鳴が聞こえてきました。もしかしたら罠にかかっているかもしれません」

「早く助けてやろう。まずは玄関を開けるところからだな」

雲嵐と武官たちは打ち合わせをしたあと、開いている窓から屋敷の中に入っていく。

しばらくすると、玄関が内側から開けられた。まずは雲嵐と蓮舟が出てくる。

「蓮舟さん！　大丈夫でしたか⁉」

「……無事です。怪我はありません」

蓮舟のくちから無事であることを告げられたので、茉莉花は胸を撫で下ろすことができた。

「よかったです……！　悲鳴が聞こえたので、蓮舟さんもうっかり罠にかかったのではないかと心配しました……！」

「僕はどこになにがあるかをわかっている罠にかかるような間抜けではありません！　眼の前で罠にかかって吊し上げられた人がいたら、誰だって驚きますよ！　貴女とは違うんです！」

蓮舟はそう言ったあと、力が抜けたのか座りこんでしまった。

「この罠屋敷を使わないまま終わるかと思いましたけれど、最後の最後で使うことになりましたね」

蓮舟に手を差し出した茉莉花がそんなことを言えば、蓮舟からにらまれてしまった。

「嬉しそうに言わないでくださいよ！　それにここは罠屋敷じゃなくて、僕の屋敷なんですけれど⁉　ああ、修繕費が……！　床が、天井が……！」

暗号文を解いていった先にあったこの屋敷は、実は蓮舟が作家活動をして稼いだ金で買ったあの屋敷である。

茉莉花はもしものときに備え、武官に頼んでこの屋敷のあちこちに罠を張り、二十人ぐらいが押しかけてもどうにかなるようにしてもらっていた。

「……こうも茉莉花の作戦通りになるとはな」

玄関から誘拐犯たちが縛られた状態で出てくる。

雲嵐はその光景を見ながら感心したように息を吐いた。

「この罠屋敷は本当に念のための備えだったのですが……。無駄だと思えることでも、できることはなんでもしておいた方がいいみたいですね」

茉莉花は、湛楊宏殺人事件の犯人を特定する計画を立てていた。しかし特定する前に御史台の官吏が襲われる可能性を考えたり、蓮舟がつくった存在しない湛楊宏の暗号文を狙う人物への警戒もしたりしなければならなかった。

茉莉花は、頼ってもいい武官を見分けられるように、武官の手首に黄色の紐をつけてもらった。助けを求めるときの合図や合言葉を用意した。暗号文を狙った人物に脅迫されたときの対処法を考えておいた。

（暗号文を狙っている人がいるのなら、暗号文をつくっておいて、危ないときは渡してしまえばいい）

茉莉花は回収した湛楊宏の日記を利用し、字が上手い人に頼んで楊宏の字を真似てもらい、暗号文をつくってしまうことにした。それを皆に一枚ずつ渡し、解き方を教えた。

(『暗号文』があるだけでは、暗号文を渡した時点で殺されるかもしれない。だから『暗号文を途中まで解いた』ということにした)

暗号文を狙っている者に脅されたときは、暗号を解いているふりをしながら時間を稼ぎ、武官の救助を待つ。ぎりぎりまで粘っても助けがこない場合は、罠を張った蓮舟の屋敷へ連れていくことになっていた。

「蓮舟さん。屋敷の片付けを手伝いますね」

「当たり前です！　ああもう、暗号と罠屋敷のところは使わせてもらいますからね！」

「ふふ、どうぞ」

誘拐犯の最後の一人がついに屋敷の中から出てきた。

彼らがどのような組織に所属しているのかはまだなにもわかっていないので、これで安心できるというわけではない。今回の件で組織の人間を怒らせてしまい、御史台への攻撃が更に激しくなることだってある。

(でも、一歩進んだ……！)

湛楊宏殺人事件の真相や、非合法活動をしている組織と異国の間諜との関係も、前より見えてくるだろう。

終章

雲嵐は珀陽と茶を飲んでいた。

前よりも滑らかな手つきで茶を入れることができたし、味もそこそこになってきたので、気分よく香りを楽しむことができている。

「そういえば……」

黙って茶を味わっていた珀陽が、ふとくちを開いた。

「君を襲った犯人、一昨日捕まえた誘拐犯の中にいたんだってね」

「……そのようです」

茉莉花の罠に見事ひっかかった誘拐犯たちは、湛楊宏が関わっていた反皇后派の組織に所属していた。

彼らは非合法活動をしていたけれど、死んでもやり遂げるという覚悟のある者ばかりではなかったようだ。

捕まえた誘拐犯の中には、どうにかして罪を軽くしようと思った者もいて、なにからなにまで話してくれた。

「異国の間諜は城下町で連絡役と会っていたらしい。今後は連絡役も見張ることになる。

向こうに気づかれずに間諜を特定できてよかったよ」

「はい」

「事件についての謎はまだいくつか残っている。詠蓮舟の荷物に湛楊宏の手紙を入れた人物が誰なのかは、結局よくわからなかったからね。世の中、偶然が重なることもあるし、うっかり紛れこんだだけならいいんだけれど。……まぁ、ひとまずこれで御史台(ぎょしだい)は落ち着くだろう」

珀陽は楽しそうにしている。

きっと今の自分たちは仲よく雑談しているように見えているだろうけれど、会話の内容はただの打ち合わせだ。

（……俺たちの会話はこれでいい）

二度目の茶会でここまで話が弾(はず)めば充分(じゅうぶん)だ。

そんなことを雲嵐が考えていたら、珀陽はきちんと『雑談』もしてくれた。

「この間の試演会、とても素晴(すば)らしいものを見せてもらえて楽しかった。……どの演技も繊細(せんさい)で素晴らしかったよ」

雲嵐にとって『楽しかった』ではなくて『無事に終わってほっとした』である試演会の話題が、珀陽のくちから出てくる。

雲嵐は珀陽の褒(ほ)め言葉にどきっとしてしまった。

（演技が上手かったわけではない。あれはただの俺だ）

どれだけ努力しても報われない無力感。

信じていた友に裏切られたときの絶望感。

同僚を裏切ってしまった自分。

雲嵐にそういう経験があったからこそ、荷花とのやりとりの演技に説得力が出たのだろう。

「陛下、雲嵐、失礼します～！　あのね、雲嵐は女の人に騙された経験があるんだって！　だから恋の演技に深みがあったんだよ」

突然、雲嵐の仕事部屋に大虎が入ってきた。

皇帝が訪問している最中に平気でそんなことをするのは、おそらく大虎ぐらいだろう。

「へぇ、そんなことがあったんだ。次は素敵な女性に会えるといいね」

気の毒に、と珀陽は同情してくれる。

雲嵐は勝手に過去を捏造した大虎に、「おい……！」と小声で抗議した。

「僕は雲嵐を助けてあげたんだよ……！」

大虎はなにもわかっていない雲嵐に、命を助けるためなんだと訴える。

「そういえば、茉莉花さんが商工会長から聞いてきた話なんだけれど、罪の告白は結末まですべて小説にするらしいよ！　これでみんなも結末を読めるね。よかった！」

「うん。私たちだけの物語になるのはもったい無いものだった」

罪の告白の結末を公表しなかったのは、異国の間諜の行動を誘導するためだった。その役目を果たした今は、もう隠す必要はない。

（今回の事件は国を揺るがすような大きなものだったが……物語のように気持ちのいい結末になってくれた）

雲嵐は、州漣の小説に出会えて本当によかったと思う。

……いや、素晴らしい出会いは小説だけではない。

ただの同僚でしかない相手や、ただの異母弟だと思っていた相手が、自分にとって大事なもので、今からでも大事にしたらいいとわかったのだ。

「じゃあ、またね」

茶を飲み終わった珀陽は立ち上がる。

雲嵐と大虎は当たり前の顔で珀陽を見送りにいった。

（待てば甘露の日和ありだ。今までも、これからも）

雲嵐が今ここにあるものを大事にしていきたいと思えるようになるまで、長い時間が必要だった。

自分の友人も時間をかければ変わるかもしれない。

（俺はそれを待つ）

本当の友になれるその日がくることを、雲嵐は祈り続けることにした。


蓮舟は大虎の屋敷で自分の荷物をまとめていた。

元は少し泊めてもらえたらそれでよかったのだけれど、色々あって執筆に必要なものをあれこれともちこんだので、思っていたより荷物が多くなっていたのだ。

「……はぁ」

早く買った屋敷に移り住みたいけれど、まだ家具を揃えていない。もうしばらくは官舎住まいを続けることになるだろう。

「でも、家具が高いんだよなぁ」

翔景を家へ招待したときに、「素敵な家ですね」と褒めてほしい。やはり、内装にはこだわっておきたい。それから庭も文人として手抜きできないところである。

「……もっと金がいる」

小説で稼いだ金は、屋敷を買ったときに使い果たした。家具を買い揃えるまで、あとどのぐらいかかるだろうか。

「というか、修繕費!!」

そう、罠を張るために壁や天井を……と思い出し、気分が悪くなる。

見舞金という形で金が少しもらえるらしいけれど、あくまでも屋敷の修繕のための金だ。廊下の一部や天井の一部を違う素材で直すのなら、全部貼り替えてしまいたい。

「やっぱり新作を書いて稼ぐしかない……！」

罪の告白を最後まで小説にして出版するだけでは足りないだろう。

次回作は、天命奇航を手に取らなかった人物にも読んでもらえるような別の切り口の作品にして、より多くの人に読んでもらわなければならない。

「武官の雲嵐殿がようやく天命奇航を読み出していたぐらいだからな。武官は文官の主人公にそこまで興味をもてないのかもしれない」

冒険劇は昔から人気だ。武官を主人公にした仮想戦記物や化け物退治物を書けば、武官にも読んでもらえるかもしれない。

「次は武官の主人公で……いや、そういえば茉莉花さんが、罪の告白は女性人気も高いと言っていた」

城下町の人気役者の女性も罪の告白を読んでいたらしい。

罪の告白は恋愛物でもあったので、女性でも気軽に楽しめたのだろう。

「恋愛物もありか……って、そうだった！　次は晧茉莉花の物語を書くつもりだった！」

蓮舟は決めていた題名を思い出し、書き出しを考えてみる。

吏部の友人に皓茉莉花の経歴を聞いたところ、元は女官で、官位をもっていたらしい。そのうち女性の賓客の対応をするために礼部の手伝いをするようになって、そこまで優秀なら科挙試験を受けて正式に文官にならないか、と陛下から勧められたとか。

「やはり第一部は後宮編だな」

ただの女官が後宮で大活躍するなんてこと、あるわけがない。実際の出来事をそのまま書けばつまらない日常になってしまうだろうけれど、そこは自分が脚色して面白くしてやろう。

まずは後宮で難事件をいくつも解決してきたという嘘を書く。そして、自分をここまで美化してもらうなんてと、周りにひそひそと悪口を言われるようにしてやるのだ。

「茉莉花さん！　ちょっと相談なんですけれど！」

「はーい」

同じように下宿先へ戻る準備をしている茉莉花に、蓮舟は声をかけに行く。

「州漣先生が後宮物語を書いてみたいと言っているので、色々教えてもらえませんか？　後宮内の行事とか、女官の仕事とか」

「本当ですか⁉　勿論です！」

蓮舟はあくまでも自分と州漣は別人だというふりをして、茉莉花に執筆の協力を頼む。

「……でしたら、あの！　州漣先生！　一つご提案なのですが！」

「僕は蓮舟です」

「あっ、はい！　州漣先生にご提案があるので、お伝えしてほしいんです！」

茉莉花は、蓮舟にとってもありがたい話をもちかけてくる。

「後宮物語を書く予定があるなら、それを雑劇にしてもいいですか？」

蓮舟は以前、茉莉花から天命奇航の第三章を雑劇にしたいと頼まれていた。

どうやらその雑劇は商工会の商品の宣伝を兼ねているらしく、色々な条件があって、第一章と第二章ではそれらの条件を満たせないらしい。

そのとき、蓮舟は激怒した。自分の大事な作品を商品の宣伝に使うことしか考えていないなんて、あまりにも極悪非道な行いである。

（でも、新作はその条件を完全に満たしている）

蓮舟はにやりと笑った。

小説を出版する前に、皓茉莉花を題材にする許可をもらうつもりだった。あとで報酬の取り分がどうのこうので揉めたら面倒だからだ。それに、皓茉莉花のうしろには皇帝がいるので、慎重に物事を進めていかなくてはならない。

「雑劇……ですか。まぁ、今回のことで州漣先生は脚本の執筆に挑戦できたので、きっとその話も前向きに考えてくれるでしょうね」

「ありがとうございます！」

　蓮舟は喜ぶ茉莉花にこほんと咳払いをする。

「新作の後宮物語……そんなにも雑劇にしたいんですか？」

「はい。城下町の皆さんも、月長城で働いている方々も、州漣先生の作品が大好きですから」

　蓮舟は、茉莉花がなぜ商工会の商品宣伝の場となる雑劇の計画を手伝っているのかは知らなかった。人間には面倒なしがらみというものがあるので、茉莉花にも色々なことがあったのだろうという想像はできる。

「なら、絶対に州漣先生から雑劇にしてもいいという許可を取らないといけませんね」

　蓮舟が茉莉花よりも優位に立つのは、これが初めてかもしれない。

　そのことにわくわくして、笑顔が抑えられなかった。

「新作を雑劇にしてもいいですが、交換条件があります」

「執筆料ですか？　商工会へ相談することになりますが、おそらくそれはお支払いできると思います」

　茉莉花は金の話をし始める。

　たしかにその話もしないといけないのだけれど、まずはなによりも……。

「新作は実在の人物を題材にするつもりだそうです。その人物の許可をとらないといけません」

「わかりました。わたしから話をしてみます」

新作は後宮が舞台になる。

茉莉花の頭の中では、実在の人物が妃であれば皇帝の権力を使い、もしくは皇帝の恋物語であれば珀陽に直接頼みこんで許可をもらうつもりでいた。

「助かります。それで、題材にする人物なんですが……」

蓮舟がついにその名を明かしたとき、茉莉花は眼を見開く。

いつも穏やかに微笑んでいる悪女の珍しい姿に、蓮舟のくちの端が上がった。

——ざまぁみろ。

蓮舟は常にこちらを脅してきた稀代の悪女にやり返すことができて、大満足する。

この先、茉莉花がどれだけ嫌がったとしても、主人公の皓茉莉花に大げさすぎる設定を付け加え続け、恥ずかしがらせてやろう。

茉莉花は頭を抱えつつも、部屋の片付けを終わらせて掃除もした。

明日、使用人がこの部屋の掃除をしにくるだろうけれど、身体を動かしていないとため息ばかりついてしまいそうだったのだ。

「……どうしよう」

最後の最後でとんでもないことになってしまった……と思っていたら、廊下から声をかけられる。

「茉莉花さん、ちょっといい？」

「はい！」

大虎の声が聞こえたので、茉莉花は扉を開けに行く。

ついでに荷物運びの手伝いの話をするつもりだったけれど、廊下に立っていたのは大虎ではなかった。

「……陛下？」

茉莉花は驚く。ここにいるはずのない珀陽がいるからだ。

どうしてと考えていたら、珀陽は勝手に部屋の中へ入ってきた。

「もう片付けちゃったのか。残念だなぁ」

「えっ、あっ……陛下!?」

茉莉花が扉のところでおろおろしていたら、廊下にいた大虎は茉莉花をぐいっと部屋の中に押し戻し、扉を閉めてしまう。

茉莉花がどういうことだと混乱していたら、珀陽は笑った。

「月長城を騒がせていた反皇后派たちを捕まえて構成員を把握できたし、異国の間諜とその連絡役の特定もできた。やっと出歩けるようになったから、久しぶりに異母弟の様子を見にきたんだよ」

「そうだったんですね」

ここは元々珀陽の屋敷だ。それを大虎が貸してもらっている。

珀陽がきちんと護衛をつけて正式に訪ねてくるのであれば、なにも問題はない。

「折角だから、茉莉花とも少し話していこうと思ったんだ」

「お気遣いありがとうございます」

この客室は茉莉花の下宿先の部屋とは違い、上等な椅子がある。

茉莉花は珀陽にそのうちの一つを勧め、茶の用意を頼みにいこうとしたけれど、珀陽に引き止められた。

「それはいい。久しぶりに二人きりでゆっくりできるから、ここにいてくれ」

「……えっと、はい」

茉莉花は戸惑いつつも、珀陽の隣に座る。

それから『二人きりでゆっくり』という言葉に改めて向き合った。

(本当に……珀陽さまと個人として向き合うのは久しぶりかもしれない)

御史台の仕事部屋に侵入した者を捕まえられなかったあの日から、珀陽は夜中の外出を控えていた。

月長城では毎日のように顔を合わせていたけれど、忙しすぎて仕事の話ばかりしていたのだ。

皇帝である珀陽を独占できる機会はあまりない。

話したいことなら色々ある。今のうちに……と思ったあと、はっとした。

――わたしは今、珀陽さまを独占している。

珀陽の眼に映っているのは茉莉花だけだ。

そして、茉莉花の眼に映っているのも珀陽だけである。

茉莉花は、今更すぎるけれどそれだけのことに頭の中が熱くなってしまった。

（駄目！　なんでもない演技をして！）

しかし、一度意識したらなかなか冷静になれない。いつもの自分とは、というところから考え始めてしまった。

「茉莉花？」

急に無言になってしまった茉莉花に、珀陽は優しく声をかけてくれる。

茉莉花は潔く降伏宣言をすることにした。恋の駆け引きというものは、自分に向いていない。

「……申し訳ありません。二人きりになって珀陽さまを独占していることに気づいたら、なにを言えばいいのかわからなくなりました」

茉莉花は照れてしまった顔をうつむいて隠す。

すると、なぜか珀陽も黙りこんでしまった。

しばらく無言が続いたあと、茉莉花は勇気を出して顔をゆっくり上げる。

(怒らせてしまった？　それともあまりにも幼稚で呆れてしまった？)

おそるおそる珀陽に視線を向ければ、珀陽は口元を手で覆っていた。手で覆われていないところしか見えないけれど、まるで照れているかのような……。

「陛下……？」

「いやぁ、今のはすごかったな」

茉莉花は情けないことを宣言した自覚があったので、なぜ珀陽も照れるのかがまったくわからなかった。

どういうことだろうかと不思議に思っていたら、手を握られる。

「っ！」

手を握ることは友だち同士でもある。別におかしいことではない。

茉莉花は必死にそう言い聞かせたけれど、体温はなぜかどんどん上がっていく。

「茉莉花に話したいことがたくさんあったはずなのに、なにを話せばいいのか私もわからなくなったよ」

「……そう、ですか」

茉莉花はまた下を向いてしまった。

どんな顔をしたらいいのか、さっぱりわからない。

「本当は……少し嫉妬していて」

珀陽が唐突に意味のわからないことを言い出した。

茉莉花はどきどきしながらも、珀陽がどこに嫉妬していたのかを必死に考える。

（大虎さんと同じ家で暮らしていたから……とか⁉）

異母弟にも嫉妬するんだ、と少し嬉しくなっていたら、まったくの見当違いだったということがすぐに判明した。

「雲嵐と情熱的に見つめ合っていたから、ずるいなと」

誰が雲嵐と情熱的に見つめ合っていたのかを、茉莉花はすぐに理解できなかった。

――大虎さん？　蓮舟さん？　それともわたし？

情報が足りなくて困っていたら、珀陽は追加情報をくれる。

「罪の告白はそういう話で、茉莉花たちは脚本通りに演じただけとわかっていたのにね」

茉莉花は、ようやく珀陽の嫉妬について理解できた。そして、なるほどと納得する。

（でも、あれは演技で……って、そんなことは珀陽さまもわかっている）

わかっていてもしてしまうのが嫉妬だ。

茉莉花にもそういう経験はある。ただ、気づかないふりをしているだけだ。

「本当は茉莉花と二人きりになったら、拗ねたふりをしようと思っていた。でも、さっきの茉莉花を見たら、演技は演技でしかないという当たり前のことを実感できたよ」

珀陽の金色の瞳が、茉莉花を甘く見つめてくる。

「――恋をしている茉莉花は不器用だ。だから愛おしい」

茉莉花はなにも言えなくなってしまった。

これまでの自分は、物覚えのよさを仕事や私生活に活かし、敵をつくらないようにしてきた。けれども、恋だけはなぜか上手くいかない。

「きっとわたしは……この先も器用な恋はできないと思います」

今だってどんな答えを言えば正解になるのか、少しもわからなかった。

できるのは、心の中にある想いをそのまま伝えることだけである。

「私もだよ。恋の駆け引きをして勝つつもりでいても、こうやって素直に本音を話してしまう」

「……同じなんですね」

「そう。恋をしているから」

茉莉花は、珀陽と情けないところを見せ合ってもいいと思えて、少しほっとした。気持ちに余裕が生まれたのか、やっと微笑むことができる。

(わたしも珀陽さまも、嫉妬したり、なにも言えなくなったり、本音をつい零したりする。……そういえば、罪の告白の楊光(ようこう)と荷花(かか)も似たようなことをしていた)

茉莉花は、卓の上に置いてあった罪の告白の脚本に眼を向ける。

――この脚本を使って、わたしは恋の演技をした。でも、演技は演技でしかない。

茉莉花は珀陽に言われたことをふと思い出し、勇気をもらった。

「あの……珀陽さま。もしよかったら、この脚本を一緒に読んでみませんか?」

「脚本を一緒に?」

「はい。前に楊光を演じてみたいとおっしゃっていたので」

茉莉花は脚本をただ「どうぞ」と渡すのではなくて、開いた状態で珀陽に渡す。

こうすることで、「読んでみませんか?」という誘いは、二人で黙々と読書をするのではなくて、声に出して台詞を読むことだと伝えた。

「今ここですべてを演じるのはさすがに無理なので、この辺りとか……」

珀陽は、茉莉花の指がさしているところをざっと読んでみる。

そこには、楊光と荷花が恋をしていることを自覚し合う場面が書かれていた。

「これは演技です。……演技は演技でしかないですから」

茉莉花と珀陽は恋をしている。

けれども、未来を誓い合っている恋人同士という関係ではない。

今はあくまでも、密かに恋をしている皇帝と文官というだけだ。

(でも、脚本を読むという形でなら、愛を語り合ってもいいはず。前に珀陽さまもそういう言い訳をしていたし)

恋人同士ではないから、恋人同士らしいことはしない。

しかし、皇帝と文官という関係であっても、『楊光役と荷花役をちょっとだけ演じてみる』ならしても大丈夫だろう。

「いえ、その、珀陽さまがよければの話ですが……!」

茉莉花は、一人で突っ走ってしまった気がしてきて、慌てて珀陽の意見を求める。

「いいね、やろう」

珀陽は茉莉花の心配を吹き飛ばすかのように、楽しそうに笑ってくれた。

茉莉花がそれにほっとしていたら、珀陽は脚本をぱらぱらとめくり、この辺りまでかなと嬉しそうに言う。

「あれ？　茉莉花も脚本が必要？」

予備の脚本を手に取った茉莉花に、珀陽は首をかしげた。

茉莉花は物覚えがいい。罪の告白の台詞はすべて頭の中に入っている。それでも脚本を広げているのは……。

「念のためにです。覚えている台詞を思い出せなくなるかもしれないので……」

珀陽の恋の演技を傍で見れば、茉莉花は間違いなく動揺する。そのときに、覚えているはずの台詞が出てこないという事態もかなりの確率で発生するだろう。

茉莉花が遠回しにそのことを珀陽へ伝えたら、珀陽は嬉しそうな顔をした。

「なら、茉莉花の期待に応えないとね。がんばるよ」

珀陽は魅力的な笑顔を茉莉花に見せてくる。

茉莉花はもうこの時点でどきどきしてしまった。

（平常心、平常心……！）

そんなことを自分に言い聞かせながら、脚本に視線を落とす。

この場面は、楊光と荷花が己の気持ちと向き合うところから始まる。それから共に愛を語り合うのだ。

「――最近の私はどこかがおかしい。楊光さまのことを考えていたら、どうでもいいことで浮かれたり、どうでもいいことで悲しんだり……。なにかの病気にかかったとしか思えないほど、感情が揺れ動いてしまう」

まず、茉莉花が荷花の台詞を読む。

茉莉花は試演会で麗燕の演技をできる限り再現しようとしていたけれど、今は皓茉莉花そのままでやってみた。

(他の人からは、恋をしていないように見えるかもしれない)

淡々とした言葉の中に、誰にも見せないようにしている嬉しい気持ちや苦しい気持ちを静かにこめておく。この感情は珀陽にきっと伝わるはずだ。

「何気ないときに、君の姿を思い浮かべている。初めて会ったとき、仕事で顔を合わせたとき、廊下で声をかけたとき……君は必ず笑っているのに、なぜか胸がざわつく。しかし、不快ではない。むしろ……」

珀陽が楊光の台詞を読む。

茉莉花と同じように、さらりとした読み方だった。

でも、珀陽の横顔を見れば、こめられている想いがわかる。茉莉花の心を強く揺さぶってくる。

(……困る)

茉莉花は今の感情を、荷花の台詞にそのままぶつけてみた。

「私の日常に楊光さまがどんどん入りこんでくる。──それはとても困ります」

「どうして?」

「冷静でいられた過去の私ではいられなくなるから。こんな私ではいけない。過去の私のままでいいのに」

「それは違う。過去の自分は冷静だったんじゃない。優しくて温かく、それでいて激しく熱い気持ちを知らなかっただけなんだ」

「……そう。もう知ってしまった。私は」

「俺は」

茉莉花が珀陽の顔を見れば、珀陽も茉莉花を見ていた。


「『──恋をしている』」


今、茉莉花と珀陽は互いを独占し合っている。

互いの顔しか見ていないし、互いのことしか考えられない。

(これが……〝恋〟)

独占欲が満たされていく感覚と、この幸せな時間が続かないことを痛感して切なくなる気持ちの両方がある。

きっと珀陽も同じ感情を抱いている最中だろう。

(この瞬間を覚えておきたい)

茉莉花は自分の物覚えのよさに感謝した。

いつまでも見つめ合ってはいられない。けれども、この記憶は残せる。あとで幸せな記憶を抱きしめて、寂しい気持ちを慰めることはできるはずだ。

「…………」

茉莉花は静かに脚本を閉じ、夢のような時間を終わらせた。

「夢を叶えてくれてありがとう」

珀陽もまた脚本を閉じ、茉莉花に感謝の気持ちを表す。

夢という曖昧な言い方をしたのは、茉莉花のためだ。『楊光役をやってみたかった』を叶えた形になるようにしてくれたのだろう。

「いつかわたしは——……」

茉莉花は未来を夢見た。

言い訳や逃げ道を用意する必要のない『いつか』を、必ずこの手に摑みたい。

「もっと大きな夢を叶えてみせます」

誰からも祝福される幸せな道がほしい。

女の子が気軽に官吏を目指せるようにしたい。

この二つは関係のない大きな夢に思えるけれど、とても近くにあるはずだ。

「うん。私も手伝うよ」

茉莉花の夢は一人で手に入れられるようなものではない。けれども、手伝ってくれる人がたくさんいる。だから、諦めたくなったときも、きっと踏みとどまれる。

「がんばりますね」

茉莉花は珀陽に微笑んだ。

皓茉莉花の物語を幸せな結末にするために、これからも努力していこう。

(……そうだ。珀陽さまに皓茉莉花の物語の話をしないと)

茉莉花は、どこから話すべきかを悩む。

——どうやら、わたしを主人公にした物語が生まれるみたいです。

自分の物語が皆に読まれるということへ恥ずかしさを感じているけれど、これまでの功績が認められたという嬉しさもたしかに感じていた。

珀陽は大虎に貸している屋敷を出たあと、馬車に乗って月長城へ帰る。

寒い夜だけれど、心はとても温かかった。

いや、心だけではない。耳も頬も、最後に少しだけ茉莉花に触れた手も、いつもより温かくなっている。

「春が早めにきてくれたのかな」

たしかにあともう少しで茉莉花と出会った春がまたやってくる。

あれからまだ一年という気持ちと、もう一年という気持ちの両方があった。

（春がきても、花は咲かない。でも、力強く枝葉を伸ばしている）

珀陽は幸せになれる未来を信じている。それはとても幸せなことだ。

「……茉莉花に仕事の話もしようと思っていたんだけれど、まぁいいか」

急ぎの話というわけでもない。明日になってからにしよう。

今はもう少しだけ、茉莉花に恋しているただの男でありたかった。

翌朝、月長城に登城した茉莉花は、皇帝『珀陽』から呼び出された。

異国の間諜の一件で進展でもあったのだろうかと思っていたのだけれど、珀陽のくちからはまったく別の話が出てくる。

「新しい仕事を頼むよ。もう礼部尚書と御史大夫には話を通しておいたから」

「はい。……はい？」

茉莉花の知らないところで、どうやらなにかあったようだ。

礼部が出てくるのであれば、国同士の問題か行事の問題だろう。

「実は困ったことになっていてね。いや、別に困ってはいないんだけれど、困ったことにしないといけないというか」

珀陽の言い方からすると、今すぐ戦争がどうのこうのという話でもなさそうだ。

茉莉花はそのことに少しだけ安心した。

「もうじき、建国祭がある」

「はい」

「色々な国を招待しているんだけれど、とある国だけまだ返事をくれなくてね」

大陸の東側に位置する白楼国は、大きな力をもっている。そんな国の誘いを無視するのであれば、戦争直前状態と言える気がした。

「あの……それはかなり困った話ではありませんか？」

「それがね、返事をしてこない事情は一応こちらでも把握しているんだ。どうやら白楼国からの招待が皇太子争いに使われているらしい。それはとても光栄だけれど、誰が行くのかで揉めてしまうので今回は欠席しますという事態になったら、私の面目が立たないんだ。毎年、使節団がきちんときていたのに、今年だけこないというのは困る」

茉莉花は珀陽の言う『困っていないけれど、困ったことにしないといけない』の意味がようやく理解できた。

向こうには向こうの事情があるけれど、白楼国にも白楼国の事情があるということだ。

「それで、返事はまだですかという催促の使者を送ることにした。もう本当にぎりぎりで、行って戻ってくるぐらいの猶予しかない。そんなときに少しだけ待ってほしいとか、やっぱり今回は欠席にすると言い出したら……」

　珀陽は、迫力のある笑顔を茉莉花に向ける。

「使節団の代表に適している人なら誰でもいい。絶対に白楼国へ連れてきてくれ」


　茉莉花は息を吞んだ。

　珀陽の穏やかな声に騙されそうになるけれど、これはつまり『どんな手を使ってでも、誘拐してでもいいから連れてこい』という意味である。

　茉莉花は、誘拐されそうになったばかりなのに今度は自分が誘拐する側になるのか……と遠くを思わず見てしまった。

「わかりました。わたしはどの国に行けばいいのでしょうか」

「今回は長旅にならないよ。隣国の采青国だからね」

　白楼国の東側と接している采青国は、赤奏国や黒槐国に比べたら比較的落ち着いている。ただし、皇太子争いが激しくなっているので、誰が皇太子になっても血を見る事態になるだろうと囁かれていた。

「三カ国会談のときに、茉莉花の名前は采青国にも知られた。晧茉莉花は采青国で、禁色の小物を授与されている優秀な文官だと認識されているはずだ。今は采青国に圧力をかけられるものがあれば、なんでも使いたい。ああ、天河も同行させるから、好きに使って」

茉莉花は、天河の出番がないことを祈る。できれば誘拐という強引な方法を選びたくはなかった。

「昼には馬車が出発する。今から荷物を取りに行くように」

「昼……ですか。昼⁉」

今から下宿先に荷物を取りに行けば、昼前には月長城に戻れる。そこから礼部や天河と打ち合わせをして……いやもう、馬車の中でした方がいいだろう。

「これは禁色の小物を与えられた文官にしかできない仕事だ。頼んだよ」

「ご期待に添えるよう、精いっぱい努めます」

茉莉花は皇帝の執務室を出たあと、早足で歩く。

きっとこの仕事は、成功させれば華やかな功績になるだろう。夢に一歩近づけるはずだ。しかし、最悪の展開になればその先は『誘拐犯』なので、期待でわくわくするよりも、悪い意味でどきどきしてしまった。

終

あとがき

こんにちは、石田リンネです。この度は『茉莉花官吏伝　十六　待てば甘露の日和あり』をお手に取ってくださり、ありがとうございます。

茉莉花が異国の間諜を特定しようとして奔走する裏で、ついに『茉莉花官吏伝』の執筆の経緯が判明し、更には恋の悩みも……という盛り沢山な巻です。茉莉花の仕事と恋と友情をお楽しみください！

そして次の巻は、最後の登場になった『あの国』が出てきます。

茉莉花官吏伝の設定を考えているときに、東で龍にするか……西で虎にするか……と悩み、最終的に西に決めたあの日がとても懐かしいです。

コミカライズのお知らせです。秋田書店様の『月刊プリンセス』にて連載中の高瀬わか先生によるコミカライズ版『茉莉花官吏伝　～後宮女官、気まぐれ皇帝に見初められ～』第9巻が二〇二四年四月十六日に発売しています。シル・キタン軍との戦いの中で成長していく茉莉花をお楽しみください！　高瀬先生の素敵で最高なコミカライズもよろしくお願いします！

莉杏と暁月が主役の『十三歳の誕生日、皇后になりました。』原作小説版の第一～九巻（次回、最終巻です！）、青井みと先生によるコミカライズ版の第1～第6巻もよろしくお願いします。

最後に、ご指導くださった担当様、悪女から恋する乙女まで色々な茉莉花を描いてくださったIzumi先生（どれも最高です！）、当作品に関わってくださった多くの皆様、手紙やメール、SNS等で温かいお言葉をかけてくださった読者の皆様、本当にありがとうございます。これからもよろしくお願いします。

石田リンネ

■ご意見、ご感想をお寄せください。
《ファンレターの宛先》
〒102-8177 東京都千代田区富士見 2-13-3
株式会社KADOKAWA ビーズログ文庫編集部
石田リンネ 先生・Izumi 先生

B's-LOG BUNKO
ビーズログ文庫

●お問い合わせ
https://www.kadokawa.co.jp/（「お問い合わせ」へお進みください）
※内容によっては、お答えできない場合があります。
※サポートは日本国内のみとさせていただきます。
※Japanese text only

茉莉花官吏伝 十六

待てば甘露の日和あり

石田リンネ

2024年５月15日 初版発行

発行者　山下直久
発行　株式会社 KADOKAWA
〒102-8177 東京都千代田区富士見 2-13-3
（ナビダイヤル）0570-002-301
デザイン　島田絵里子
印刷所　TOPPAN株式会社
製本所　TOPPAN株式会社

ISBN978-4-04-737963-3 C0193

定価はカバーに表示してあります。